I0526330

Maurizio Baruffaldi

La metà dell'amore

Nobook

Prima edizione: aprile 2014

Maurizio Baruffaldi

La metà dell'amore

A cura di Tatiana Carelli

Collana *Secrets*

Copertina di Nobook Study

Il ritratto dell'Autore è di
Enrico De Luigi
www.chicodeluigi.it

Courtesy by Lara Facco
Press & Communication
www.larafacco.com

© 2014 Nobook®
www.nobook.it

Nobook *Secrets*

Ad Alessandra e Francesco

"La solitudine che tu mi hai regalato,
io la coltivo come un fiore."
Canzone per te, di Sergio Endrigo

1

La stallona. Questo era il soprannome che le avevamo dato. Tony ci aveva già parlato un paio di volte, era un'amica di sua sorella, io mai. Per me era solo un animale mitologico. Quando la rivedemmo dopo parecchio tempo, in piazza Santo Stefano, il pomeriggio tardi del primo giorno del 1983, Tony la salutò e lei ci venne incontro. Baciò lui sulla guancia e a me, sconosciuto, strinse la mano. Raccontò del suo lungo viaggio, tre anni in Sudamerica, da sola, su e giù per il continente. Quando fece troppo freddo e buio, Tony la invitò alla casa occupata di Garibaldi dove si poteva mangiare qualcosa prima di trasferirsi al Plastic. Era la notte dopo il Veglione, quella dove si sta a casa a leccarsi le ferite, ma cadeva di domenica, e la domenica al Plastic era un must. Un po' da parrucchieri che il lunedì non lavorano, ma nell'orbita punk il parrucchiere era uno scultore, quindi un artista. Io assecondavo. Accendevo sigarette a ripetizione con la faccia di chi sta aspettando il suo turno senza essere pronto. Lei aveva parlato soprattutto con Tony, ma si rivolse a me prima di andare.

— Un posto che ti spezza il fiato, non vedi una fine, davvero... Dovresti andarci, Marcello!

Non avevo centrato quale fosse il posto che spezzava il fiato ma quel mio nome pronunciato mi s'infilò nella testa, stordita dal cyloom di un paio di minuti prima. Era il primo dei milioni di "Marcello" che le ho sentito pronunciare, frammenti di istantanea e immensa intimità, come immenso era lo spazio che mi diceva dovessi vedere. Non avrei mai pensato che la stallona, Eleonora, potesse interessarsi a me: con questo pensiero era iniziata la serata proseguita nella notte. Al Plastic eravamo come si era, come si è a ventidue anni. Come le trottole ci si sfiorava in quel caos da festa dove la conversazione è spezzata come il ritmo di *The Magnificent Seven* dei Clash che incalzava, ti incitava quasi, e che poi te lo portavi anche a letto, mescolandosi ai sogni.

Io e il mio socio eravamo sempre a piedi e a rimorchio, per cui la serata aveva un solo programma: trovare un passaggio a casa. E doveva essere femmina e pilota, qualità che univano l'utile al dilettevole.

— Io ho trovato. È lei, quella là...

Tony mi indicò una tizia vicino all'uscita: aspettava. Quella distanza significava un posto solo sul sedile. Intanto era partito il pezzo finale, dei The Psychedelic Furs, *Love my way,* perché le serate al Plastic chiudevano soft: anche nell'era post punk, nel tempio notturno della Milano alternativa, il rito dell'ultimo lento resisteva.

Ci si lasciava abbracciandosi.

In mezzo alla pista, ancora strapiena, Eleonora sta ballando a pochi metri da me, guardandosi i piedi come fossero il suo partner per il pezzo d'addio. Io mi volto e dico: — Come cazzo faccio ad andare a casa adesso? — Fino a quel momento ci eravamo scambiati un paio di sguardi e un paio di sorsi dai rispettivi bicchieri, cosa non esclusiva, nel mescolarsi di corpi carburati. Ma lei alza la testa dai suoi stivaletti di pelle nera lucida. La sua voce resa scura dagli stravizi è tagliente come una lama: — Ma ti porto a casa io, baby! — Non ebbi più un solo dubbio e sul ritornello che ripeteva *Love my way/ it's a new road/ I follow where/ my mind goes,* la presi ai fianchi, cercando la postura classica del ballo lento, lei si lasciò stringere e quando il suo alito di liquore bianco e secco mi entrò nelle narici, la sua bocca era mia. Eleonora lasciò la presa da ballo e mi afferrò la testa, dalla nuca, con le mani aperte. Restammo fermi in mezzo alla pista in un bacio che sembrava disperato, l'aria dopo una lunga apnea, come fossero morsi scomposti, o parole pronunciate di fretta. Mi ha sempre baciato così nei momenti migliori: sento ancora quelle mani che mi rinfrescano il cranio e la lingua che mi scalda il contenuto vagabon-do. Love my way è la nostra canzone. Non so nemmeno se mi sia mai piaciuta. È di più, è nostra, e ogni nota, ogni parola ci contiene. L'ho ascoltata su Youtube almeno cinque volte oggi. Lo faccio apposta, per poter piangere con una colonna sonora.

2

Un'afa insopportabile, il giorno del suo cin-
quantatreesimo compleanno. Niente di nuovo
per chi vive a Milano ma per noi, dopo diciotto
anni passati a Tarifa, sulla sponda più a sud
del continente, una violenza. Ci stavamo pre-
parando a cenare nel grande balcone all'ultimo
piano, sotto un gazebo in tessuto comprato da
pochi giorni e, nonostante il sole fosse ancora alto, Eleonora aveva già acceso il suo campionario di candele e barrette d'incenso. Dalla
strada deserta saliva solo un abbaiare di risposta a quello di Valentino, il nostro cane, che si
chiama così per amore. Inaspettatamente, un
minuto prima che scolassi il riso, Eleonora mi
chiese di mangiare in casa. Lo fece con la voce
da bambina che non avrebbe voluto o dovuto chiedere, perché era la sua festa e rientrare
significava essere sconfitti, ma avevamo rego-
lato a dovere il condizionatore, fatto installare
due settimane prima, e rilanciai che fosse una
buona idea.

— La torta la mangiamo fuori, però — aveva aggiunto Eleonora, come fosse la soluzione. Valentino rimase all'erta inutile, noi rientrammo in sala e chiudemmo la finestra. Eleonora mi si avvicinò, mi abbracciò dalle spalle e disse "Marcello" in quell'accento milanese che non aveva mai perso, con la 'e' lunga e aperta e le consonanti pastose. Ho provato imbarazzo per quella tenerezza che mi gratificava, che ricompensava tutto quello che facevo e che avrei fatto, e ho solo detto — Dai Eleonora, siediti che il riso è al pelo. Mi fossi girato per raccogliere quell'abbraccio avrei pianto come un pirla ed era una festa, cazzo, la sua festa. Lei si era defilata per farsi l'ennesima sigaretta. Non smetteva. Ma vaffanculo le sigarette.

Un compleanno festeggiato in questo appartamento in affitto, con un balcone periferico che guarda da una parte sulla via Gluck, dove c'era l'erba e ora c'è una città, e dall'altra si affaccia sui binari della stazione Centrale di Milano. I sentieri diretti e il frinire robusto del passaggio dei vagoni sono un sottofondo che non cambierei con quello delle cicale nei campi, dei passerotti dai rami di un platano. Ma l'oceano, a cento passi, col vento che spinge, ostinato, mi manca. La palazzina è nuovissima. Su cinquanta appartamenti ne sono occupati solo cinque, noi compresi. È linda, silenziosa, ovviamente, e l'ascensore ha comandi che potrebbero bastare per invadere lo spazio.

Al piano sotto abitava la vecchissima zia di Nora insieme alla signora peruviana che la accudiva. La porta la lasciavamo aperta. Ora che sono solo con Valentino la chiudo. Non me lo spiego, eseguo solo il gesto automaticamente. O forse proteggo la nostra solitudine.

Avevo cucinato riso con gamberi e zucchine, e polpette di melanzane come me le ha insegnate mia madre, calabra. Non abbiamo fatto che parlare del cibo che avevamo nel piatto. La bontà dei crostacei, teneri, cotti giusti, forse tutto un po' troppo dolce con le zucchine, ma lei non aggiungeva mai sale. Le polpette venute quasi come quelle di mia mamma, belle asciutte ma saporitissime. Il vino no, lei non poteva, aveva già fatto la prima chemio, e a me del vino non interessa. C'era acqua del rubinetto sul tavolo, però dentro una caraffa degna di un Barolo. Il compleanno più triste della nostra vita. Una vita totalmente condivisa. La torta, una crostata di frutta fresca con un "cinque" e un "tre" come candeline, l'avevo presa su Melchiorre Gioia, nella pasticceria di fronte al punto dove il fiume di Milano scompare sotto l'asfalto, quel frammento di marciapiede in cui la Martesana, nome da vecchia signora aristocratica, si inabissa. Anche Nora per me era aristocratica e io ero diventato il suo maggiordomo perfetto, mai domo. Le ho visto preparare solo una torta, usando una ricetta vista in TV da una soubrette ai fornelli, che confessava di guardare con un po' di vergogna. Per il resto cucinavo sempre io perché dovevamo mangiare, e mangiare sano, e perché le nostre giornate erano scandite principalmente dai pasti. Nostri e di Valentino. Nessuna certezza solida, stringevamo solo il tempo che doveva passare, una sospensione del vivere che lei frantumava con sfuriate improvvise nei miei confronti. Lo so: non poteva sopportare che io non manifestassi odio, anche se assurdo, inutile e controproducente, verso la sorte che le era toccata. Che ci era toccata. Nora voleva una spalla anche per odiare e anche se non lo meritavo, lei meritava di sfogarsi.

— Marcello, ma tira fuori le palle, cazzo! — Le palle mi tenevano ancorato al fare. — Mi sono rotta i coglioni di vederti con quella faccia... Di' qualcosa!

Il dire era il solito ripetitivo, e Nora odiava le ripetizioni. Sono però certo che dentro, dove succede tutto, Nora continuasse a ringraziarmi per la mia grigia ostinazione, per il saper assorbire ogni violenza verbale come fosse giusta, naturale. Dopo qualche ora arrivavano le sue scuse, ancora più penose per me, perché le facevano provare altro dolore e io non volevo essere causa della sua pur minima sofferenza. Ma ero costretto. Nella buona e cattiva sorte. Finché morte non vi separi. Ci si sposa con colui che abbiamo scelto come compagno nel dolore. L'unico sentimento che resiste e cresce nel tempo. La realtà mi si è sempre svelata brutalmente e devo pensare che Nora e io ci fossimo scelti con quell'obiettivo. Eppure guardare questa foto mi procura un brivido di felicità. Siamo davanti a due piani di torta panna e fragole, io con la camicia più bianca che abbia mai indossato e Nora con il vestito azzurro cielo e le spalle nude. A labbra incollate, occhi chiusi, io piegato su di lei a quarantacinque gradi, lei aggrappata al mio collo. Lo specchio riflette noi e gli invitati al nostro matrimonio.

È il 7 ottobre 2004, arrivato dopo più di vent'anni di coppia fissa, a cementare, a cementarci. Contemplare quel momento mi fa star bene: confesso che ho vissuto, dico a me stesso. Dalla decisione di iniziare la chemioterapia in poi è stato tutto un acquistare comodità, oggetti che rendessero il tempo più docile, più distratto, e come regalo di compleanno aveva chiesto questo schermone ultrapiatto appeso alla parete di fronte al divano e sopra il tavolo dove si apparecchia. È sempre acceso, e lo ascolto solo quando mangio. La notizia d'apertura del telegiornale dice che la Corte Europea del Diritti Umani ha condannato l'Italia per il sovraffollamento delle carceri. Io in carcere ci sono stato. Con Nora. Ci facevamo d'eroina già da un po', e stavamo così di merda che galeotti e secondini non potevano farci più male. Lei aveva già dato, aveva già passato due mesi dietro le sbarre a Lima durante quel suo primo viaggio in Sudamerica, per truffe alle banche, traffico di traveler's check falsi e documenti altrettanto falsi. Non aveva mai dato notizie di sé, era partita con l'intento di scomparire. La rispedirono loro al confine della Colombia, da dove fu costretta a tornare in Italia. Lo fecero per me.

La chiamo Nora, la chiamavano tutti così. Racconta meglio la sua parte buia, rapida, scaltra. Eleonora era la bambina brava a scuola e piena di dubbi. La vita e Milano mettono fretta, anche nel chiamarsi per nome. In casanza, era l' '85, ci siamo stati tre mesi. Non credo sia possibile un sovraffollamento maggiore di quello. L'unica differenza era la mancanza di extracomunitari, ma nella mia cella di quattro metri per quattro ci stavamo in undici, tutti italiani, tutti scoppiati, arrestati in giornata o al massimo la notte prima, stipati in letti a castello da tre piani incollati uno all'altro. La turca dietro il muretto era sempre occupata, in un via vai di merda e vomito. Undici scimmie comprese in quindici metri quadri, perché noi tossici venivamo messi insieme. Nessuno voleva sopra, sotto, o di fianco, un tizio in crisi d'astinenza da roba. Un assassino dava meno problemi. E faceva meno schifo. Le donne avevano trattamento più dignitoso. La cella di Nora era grande come la nostra ma ci stavano solo in quattro. Potevano uscire ed entrare, girare per San Vittore liberamente, dove noi dovevamo invece accontentarci di un'ora d'aria al mattino e una alla sera. Una delle ragazze rinchiuse con Nora era anche lei eroinomane, fidanzata di uno dei miei coinquilini, presi insieme con mezz'etto di roba. Un'altra era una donna in forza alle Brigate Rosse, ed è con lei che Nora strinse un'amicizia che avrebbe giurato sarebbe continuata, se non fosse che non abbiamo più saputo se sia uscita e quando.

A San Vittore ci siamo entrati il pomeriggio stesso in cui avevamo in programma la partenza per la Corsica, con il mio Yamaha XT 600. La mattina ero andato a salutare mia madre, che significa sempre sedersi a tavola. Dalle sette era in azione per innalzare la sua parmigiana, fatta con le uova sode, come da tradizione.

Erano quasi le due quando sono riuscito a ricevere l'ultimo abbraccio dei miei e in moto sbadigliavo così aperto che mi si chiudevano quasi gli occhi. Girato l'angolo della nostra via li ho dovuti spalancare: Nora usciva dal portone scortata da tre divise. Riconosce il rumore della moto, guarda nella mia direzione, io scalo e freno insieme, quasi cado, lei viene spinta in macchina, il tempo di chiudere la portiera e la volante parte sgommando. Una scena classica, da film di genere, però da spettatore venivo chiamato a fare l'improbabile protagonista. Gli sbirri erano arrivati diretti e sicuri perché qualcuno aveva cantato: hanno trovato sette, otto grammi di coca, pronta da vendere, tre di roba e tre di fumo, che erano per noi, e la mia carta d'identità. Nora ha dovuto dire che ero il suo fidanzato, per me c'era un mandato di cattura, ma non potevo parlare con lei: l'unico cellulare esistente era la camionetta della Polizia e l'unico tramite il suo avvocato, amico di famiglia. L'avvocato Vanoni disse che mi conveniva costituirmi e io lo feci, dopo ventiquattr'ore di paranoia. Se mi avessero garantito che dentro avrei potuto stare con Nora, e farci insieme i tre grammi che avevamo di scorta, non avrei aspettato un istante prima di entrare in quell'ufficio, del quale ricordo una crepa nel giallo pallido del muro, nervosa come un fulmine che scendeva dietro il poliziotto chinato sulla macchina da scrivere. Il rumore di ogni lettera mi arrivava amplificato, sembrava schiacciasse un enorme insetto sul foglio. Dovevamo vederci, e l'unico modo era dimostrare che fossimo conviventi. Ci pensò l'avvocato a far quadrare i documenti.

I due incontri che ci concessero furono struggenti, anche patetici, a pensarci oggi, per il sentimentalismo delle parole e il desiderio spaventoso nei gesti. Divisi da un grosso tavolo, riuscendo a malapena a tenerci le mani, incuranti dei piantoni, avremmo voluto scambiarci la pelle come Anna e Marco, gli amanti celebrati da Dalla, per questo Nora si sfilò la maglietta, rimanendo in reggiseno, io tolsi la mia e ce le scambiammo prima che lo sbirro riuscisse a dire qualcosa sul comune senso del pudore. Ci infilammo le rispettive, mentre l'uomo in divisa si avvicinò rapido per scoprire se nel passaggio di stoffa ci fosse stata una qualche infrazione delle regole, uno scambio di oggetti proibiti. Ma le nostre pelli sotto le magliette erano nude, e Nora alzò immediatamente le braccia invitandolo a palparla: la perquisizione sarebbe stata umiliante più per lui che per noi. È successo solo un'altra volta che Nora e io dormissimo a distanza di pochi metri, ma in letti diversi: quando siamo stati a Saman. Sempre galera, ma di salvataggio.

3

La malattia si è annunciata il 26 aprile scorso. La disperazione di Nora si è manifestata nella sua forma esatta dopo tre giorni. Ricordo nitidamente la frase urlatami in faccia: — Non lo vedi che sto morendo!

La mia rimaneva sommessa, sollevata da sottilissimi entusiasmi per un suo appetito particolare, per la momentanea scomparsa del dolore al fianco, per la lettura o il racconto di qualche esperienza vincente contro un tumore simile al suo. Ma lei non ci credeva e io sentivo i suoi umori distintamente, tanto che non riconoscevo più la sostanza dei miei. Procedevo come un mulo, sconfitto e ostinato. Sapevo che lei si era prestata alle cure e alla speranza come un bambino si abbandona a un lungo scivolo, un percorso obbligato per arrivare in fondo. Lo scivolo della prassi, del percorso medico lineare, che non ha alternative, se non quella di accettare che la malattia segua i suoi tempi. Ma non siamo ancora pronti ad accettare che sia la malattia a dettare i tempi. E forse è giusto così. Posso dire solo dei forse.

Piangevo da quel giorno quasi tutti i giorni, circa due minuti al giorno, mi serviva quel tempo per placarmi. Questo i primi cinque mesi. Poi cambiò. Non piangevo mai a casa, o davanti a lei, ma sempre sulla Martesana, quando portavo fuori il cane. Era il mio momento, quello dove potevo stare come stavo. Amo quel fiume. È perfettamente triste. Anche lui seppellito in anticipo. Seppellito come il fiume padre Olona e l'irrequieto Seveso, oltre ai tanti canali artificiali al pari della Martesana. Milano è una Venezia coperta di cemento e tombini, la sua anima è fluida, sottofondo lirico di una città prosaica per necessità. In quei momenti che vivevo con Valentino, quel fluire immobile con il muro di fronte invaso dalle piante era il sottofondo alla verità. Facevo le telefonate che avevo rimandato. Quelle ai miei, a mia sorella, alle persone che volevano, dovevano sapere, e a quei pochi amici, tre di numero, ai quali raccontavo come stavano le cose e come stavo io senza temere di essere sentito da Nora. Anche adesso sono qui. Sono sempre qui. Ero allenato alle stanze condivise, ho abitato da sempre fuori e mai da solo: il letto dai miei mi sembra appartenga alla vita di qualcun altro. Avevo vent'anni e stavo già in via Canova, casa occupata. Tra la galera e la casa in via Canova c'era una violenta differenza. Quella che passa tra un loculo invaso dalla secrezioni peggiori e

una palazzina Liberty con le ringhiere battute a mano, i palchi, i soffitti alti. Era occupata
dal '75, prima da quelli dell'MLS, acronimo
del Movimento Lavoratori per il Socialismo,
l'unica componente della galassia di estrema
sinistra a non dare manovalanza al terrorismo
rosso di quegli anni. Il suo servizio d'ordine
era però esagerato, duro, orgogliosamente
militare. Tanto che non li distinguevo dai fa-
scisti. Poi arrivarono quelli di Avanguardia
Operaia, con una diversa visione sull'essere
contro. Molti di AO credo siano stati assorbi-
ti dalle idee e dalle azioni di Prima Linea. Ma
la Polizia non sgomberava. Non ricordo bene
perché, non me ne fregava un cazzo dei perché
ma solo di vivere il momento. Credo ci volesse
una denuncia, e nessuno l'aveva fatta. C'entrava la paura, questo è sicuro. Il terrorismo era
un sentimento diffuso, più che un insieme di
cellule d'assalto. Io stavo nell'appartamento
occupato del terzo piano, di sei stanze. Eravamo tre, quattro sbarbati, invasati di Sex Pistols e Talking Head. Gli altri avevano qualche
anno più di noi e facevano politica. E paura. Li
chiamavamo "i grandoni". Gli unici normali a
occupare erano i sette membri di una famiglia
di napoletani che abitavano proprio di fronte
al mio gruppo: non avevano il grano per l'affitto. I grandoni facevano i generosi solo con il
popolo. Al primo piano, non abusiva, resisteva la segreteria dello IULM, e solo adesso mi
domando cosa pensassero gli impiegati della

musica sempre a palla, di quell'avanti e indietro di personaggi sfuggenti, vestiti di nero
come corvi, oppure massicci, con passo e postura da servizio d'ordine permanente, quello
di chi è sempre sul chivalà, culo stretto, pronto
a demolire l'intruso.

Nora è arrivata dopo un paio d'anni in Canova, per starci qualche mese. Venendo dalla
buona borghesia faceva di tutto per rompere
le regole da benpensanti. Un po' ci giocava, un
po' ci stava comoda, perché era sempre festa,
in Canova: tutti in cerchio, in salone, tanto
fumo e tanta birra. Altre sostanze non erano
ammesse. E il servizio d'ordine era spietato,
agli inizi. Che almeno la metà dei grandoni di
allora avesse iniziato a farsi si è scoperto poi,
quando la roba s'impose e iniziò a girare senza
essere nominata. La loro generazione è quella
che ha preso i primi schiaffoni dall'ero. Non
sapevano nemmeno cosa fosse quando fece la
sua comparsa nelle piazze dove andavano a
comprare l'hashish. Li sedusse, fottendoli, in
un attimo. La casa occupata era una comunità, sperimentava in piccolo quello che sarebbe diventato poi il centro sociale. Si facevano
i turni per la pulizia, per la spesa, si pagavano
le bollette pescando i soldi da una cassa dove
ognuno metteva una cifra più o meno fissa. E
si facevano spettacoli e performance fatte in
casa. C'era chi suonava canzoni bellissime e da
spararsi nei coglioni, chi dipingeva, scolpiva,
ritagliava e incollava: era tutto un mettere cose

su altre cose. Ognuno cercava l'artista dentro di sé, anche chi non sapeva fare un cazzo. L'unico che pareva esserlo era un ragazzo con la cresta bicolore, un ventaglio rigido alto trenta centimetri, che aveva fatto un quadro usando cucchiai, graffette, chiavi inglesi, catene di bici e altri metalli. Piaceva a Nora, così io e Tony cercammo il significato. Ma ci vedevamo solo caos, oggetti e tratti messi insieme a caso, che però ci stavano dentro, un po' come in Canova. Fu Nora a definire l'immagine: una grande finestra e un cassonetto della spazzatura che straripa. Li abbiamo visti anche noi quando lei ce li ha indicati, come si fa con le nuvole, che prendono forma per suggestione. E definì anche il senso: era la sintesi della visione punk, fuga e rifiuto. Della grandezza di circa un metro per lato, l'opera fu appesa nel salone delle feste permanenti. Ai fornelli si propose da subito Tony. Il mio socio di sempre, l'amico della prima e chissà, forse anche dell'ultima ora. Era un orso, ed è rimasto un orso: silenzioso in gruppo, si apriva solo nella conversazione uno contro uno. Ma è generoso, una pulsione che fatica a reprimere, anzi, non ci riesce. Per questo scelse la cucina come postazione, riparata dall'intruso, luogo del dare e dell'esserci senza apparire. Non aveva però mai cucinato prima, e per imparare alla svelta si era portato una serie di fogli con alcune ricette scritte a mano da sua madre e altre vecchissime con la calligrafia dinoccolata di sua nonna. Ricette elementari, da cucina povera, adatte alla situazione. Ricordo bene le sue paste alla carbonara, il sugo al tonno, le frittatone. Anche perché non c'era il grano per poter esibire piatti da gourmet: Tony eseguiva quello che nutriva, che serviva alla comunità, e la fame senza troppi complimenti è il miglior complimento. In via Canova, Tony era riconosciuto come un grande cuoco. Io non avevo ambizioni artistiche ma ero agile ed entusiasta, adatto come fattorino: andavo a recuperare quello che mancava all'improvviso, ero disponibile all'emergenza saltando sul motorino della comunità. Entrai in quella casa perché conoscevo già alcuni miei coetanei che ci vivevano. La selezione era rigorosa. I grandoni, a turno, davano il loro sì o il loro no. Avevano soprannomi che oggi si darebbero a un rapper.

— Vorrei stare qui!

Ricordo lo chiesi così, a uno più alto di me di dieci centimetri che sembravano cento.

— Anch'io voglio stare in Montenapoleone ma non ci vado — mi rispose. C'è stato un periodo che io e Nora avevamo gli stessi soldi in tasca che avevano le sciùre di Montenapoleone, ma il nostro shopping era verso un'unica merce. Ci ho ripensato l'altro pomeriggio, quando ho visto un ragazzo fatto di roba sotto la metropolitana. Non mi sbaglio, sull'argomento. Quello sguardo che supplica. Dentro ti senti invincibile, nel limbo, ma fuori, dall'esterno, gli occhi supplicano. La verità lampeggia. C'è sempre un particolare che la rivela, a dispetto dell'intero. Comunque, mi ha fatto impressione. E pena. Credevo fosse una droga passata e invece c'è ancora. Anche la roba, come il letto a casa dei miei, potrebbe appartenere alla storia di qualcun altro. Ma l'ho vissuta con lei, e mi appartiene.

4

— Dai Valentino, andiamo...

È quello con cui parlo tutto il giorno e dormo tutte le notti, il mio cagnone. È un pastore del Brie come il formaggio, con un pelo da salice piangente e una frangetta anni Sessanta, molto beat. Ha cinque anni e passa, moltiplicati sette sarebbe un bel quarantenne. Siamo fuori da venti minuti, il suo tempo, ed è ora di rientrare, che devo cucinare qualcosa. Prima di riavviarci verso via Zuretti facciamo il giro del palazzo vicino alla rotonda per la sua avventura finale. Mi porta sempre lì. Dietro la ringhiera del giardino condominiale ci sono un po' di gatti e Valentino da fuori li punta, abbaia, e prosegue la ronda. È il suo momento eroico. In questo giro del palazzo vive il suo brivido, il suo istinto da predatore. Dal balcone si trasforma invece nel guardiano coraggioso: protetto dalla lontananza, lancia latrati nel vuoto quando sente un suo simile nei paraggi.

— Ciao Golia. Guarda Vale, c'è Golia... Salve

signora.

Golia è un cagnolino piccolo, con il pelo corto e nero, somiglia un po' al simbolo dell'Eni. È così schizzato che potrebbe avere tranquillamente sei zampe.

— Buongiorno. Come va? — mi chiede. La signora ha sessant'anni, lo stesso passo rapido e la stessa allegria del suo cane. Quell'allegria dei superficiali, che oggi invidio un po'.

— Eh, andiamo avanti. — Non saprei cos'altro dire.

— Lo so lo so. Ma bisogna essere ottimisti.

Valentino gira su se stesso, il cagnolino gli saltella intorno, poi parte rapido sperando che il cagnone lo segua.

— Lui è così, si sveglia già felice. — La donna lo dice con orgoglio. La mia situazione, che le ho già confessato in un incontro di qualche giorno fa, suggerirebbe delicatezza, ma a me piacciono questi due Golia che non sentono dolore.

— Mi sa che ha qualcosa da insegnarci — dico.

— Ah, sicuro. A lui piace vivere, non vede l'ora. Non vede l'ora.

— Ora andiamo, dai. — Lo pronuncio secco e mi avvio. Golia si agita intorno al tronco di un albero e Valentino lo guarda per l'ultima volta: ha la frangia compatta, il sipario è chiuso, ma so che ci vede lo stesso. Gli piace mantenere lo sguardo coperto. Non può portare gli occhiali da sole, ma ci tiene ad avere più carisma e sintomatico mistero.

La sua pappa è pronta. Sono i pallini della Gastro Intestinal, pacco da quindici chili, che costa più di un centone. È quasi finito e prima di sera devo andare a prenderne uno nuovo. Ci ho aggiunto i cubetti di prosciutto, magro, niente pancetta o cotenna, troppo pesanti. Valentino ha l'intestino che si infiamma facilmente. I bambini non si dovrebbero viziare, ma io ho solo un cane, e lo vizio. Per me ho cucinato un bel ragù, l'ho messo sù ieri sera, è andato due ore mentre ero sulla pagina Facebook di Eleonora. All'inizio volevo chiuderla, stava male, faceva impressione una persona morta che posta, come fossimo già all'ultima frontiera di Facebook, collegamento tra le sedute spiritiche alla rete... Invece ci vado, tutti i giorni. Nella foto in apertura c'è Nora seduta nell'incrocio di due rami, molto amazzone, la canottiera di cotone nera che le lascia le spalle nude, i pantaloni bianchi e i sandali. Gli orecchini lunghi, i capelli sciolti e gli occhi che vogliono catturare qualcosa. Io a quello sguardo mi sono sempre offerto, come una preda che non vuole, o non sa, fuggire. Dietro, sullo sfondo della pagina, c'è il muso da imbucato di Valentino. Sono capace di stare su quella cazzo di foto e poi sul suo wall, muro ormai del pianto, per alcuni lunghissimi minuti, un po' rimbambito, come quando si guarda il fuoco, o come il mio cane guarda fuori dalla finestra. Ieri sera ho smesso perché mi ha scosso il tril-

lo del timer in cucina che annunciava la cottu-
ra ultimata del ragù. Leggo le frasi degli amici,
le rileggo anche. Ho già risposto a tutti, con
la stessa frase: "Grazie di cuore". C'è un "Sei
una grande" che mi ha fatto sorridere, per il
suo essere slang, al presente, adolescenziale.
"Sci nel mio cuore RIP Ele" è una di quelle con
RIP maiuscoli, ce n'è un bel po'. Poi ci sono i
cuoricini, senza parole. Uno ne ha messi tre in
fila. Le faccine non le uso per pigrizia, dovrei
imparare come si scrivono, ma ho smesso di
reputarle una cosa stucchevole: troppe cose
sono scritte rapide, senza sentimento, ambi-
gue per superficialità, e l'emoticon, come si
chiama giustamente, rivela l'umore che le ha
partorite. La testa mi va per i cazzi suoi, senza
guinzaglio, come fossi stato chiuso in una gabbia: fino a qualche giorno fa non ricordo un
momento che abbia smesso di pensare a quello
che dovevo fare per lei, per noi, per il cane, o il
dottore, il notaio, l'ambasciata spagnola, parlare, avvisare, spiegare... Solo adesso ci sono
momenti fermi, in cui posso leccarmi le ferite
come Valentino morde il suo pallone di cuoio
martoriato, sgonfio. Tra il leccare e il mordere
cambia poco, quando si tratta di ferite.

Un adiós sin despedida.../ Un silencio entre
voces.../ Una mirada sin ser vista.../ Un beso a
través de la brisa...

Un addio senza saluto.../ Un silenzio fra
le voci.../ Uno sguardo invisibile.../ Un bacio
nella brezza...

Una poesia che ha postato sulla pagina di Nora un amico comune, Gonzalo, che ha lavorato per noi all'Ocean Cafè di Tarifa. L'ho tradotto abbastanza facilmente, anche se ormai lo spagnolo sta uscendo dalla mia vita. Ho ricominciato a pensare in italiano, dopo questi otto mesi di vita milanese, vita di merda, ma pur sempre vita. Mi piace perché è semplice, però a leggere ogni immagine ci trovi tutto quello che ti succede. O ti è successo. Che differenza c'è? Un adiòs sin despedida è l'addio senza addio, senza il saluto finale. Ed è stato così, perché era immersa nella morfina, da giorni, ed è stato un lungo addio, ma senza quel momento, quell'attimo, in cui due persone si separano per sempre. Quello sguardo e quel soffio di parole che ti possano far compagnia.

La fine è stato l'annuncio dell'infermiera. Anche per questo io odio il cancro. Perché non lascia il tempo per un giusto addio, quello che giustifica e comprende una vita intera. Ovvio che sto piangendo, ma non servirà nemmeno che lo dica, il ricordo si lubrifica così. E poi adesso posso piangere anche a casa, e lo prendo come un regalo. Un silenzio tra le voci... Le voci sono quelle che ho nella testa, il silenzio è il suo, come lo sguardo. E il bacio nella brezza mi sfiora come un fantasma. Noi conosciamo il vento, più che la brezza, di Tarifa. Giorni interi con il vento dall'oceano. Lui e l'oceano, che giocavano anche per settimane. Levante e

Ponente come due gemelli diversi. Spingono in direzione opposta e si esaltano nel ventre della madre, l'imbuto dello stretto di Gibilterra. A Tarifa il vento arriva dal mediterraneo o dall'oceano, ma c'è sempre. I giorni di bonaccia, rarissimi, ti lasciano spaesato, anche se sono gli unici in cui torni a riconoscere la terra e il cielo separati. Il vento li isola, lui vuole tutto. È lui che ti vive addosso. La sua energia non ti lasciava in pace. E la pace la trovavi dentro.

5

I cani non credo che abbiano il senso del tempo. Valentino capisce che Nora non c'è, ma la sua vita rimane la stessa. I suoi riti non cambiano. La storia di Argo che aspetta Odisseo fino alla morte è magnifica, ma Valentino non è un animale degno della mitologia. Ora, finito il suo pasto, è andato a far saltare quella scimmietta di peluche che ha trovato nella sua perlustrazione intorno alla casa dei gatti. La lancia sul tavolino basso in soggiorno, poi la solleva, e come se lei si stesse ribellando, la strattona e la rilancia, questa volta nella porta aperta del bagno. Sembra che la creda viva: fa delle pause, osservandola per qualche secondo, occhi dietro la frangia negli occhi di plastica, dove sembra ricevere qualche informazione, uno stato d'animo. È un bambinone, e l'immaginazione non gli manca. Smetto di guardarlo altrimenti lascia la scimmia e viene da me. E io adesso non voglio giocare. Voglio solo ricordare. E poi con la scimmia noi abbiamo già giocato. Però Valentino non l'ha mai lanciata, nemmeno per sbaglio, verso quell'altarino, tra la porta del piccolo studio e la camera da letto, allestito da Nora. Sotto i simboli dei sette Chakra appesi alla parete, cerchi colorati in fila perpendicolare, ci sono l'elefante Ganesh in legno, la foto ingiallita di Sai Baba con i capelli da cantante dei Camaleonti, una candela, la catena del rosario e una piccola torre di marmo, opera di non so chi, ma importante, perché Nora l'aveva fatta sparire dalla Galleria d'arte dove aveva lavorato per tre anni, tornati a Milano dopo la cura drastica di Saman. Si metteva lì, in silenzio, per un'ora. Aveva ripreso con buona costanza durante il periodo della prima chemio gli insegnamenti che andava a ribadire in India una volta all'anno. Era il suo viaggio. Ci andava da sola. A Mandir. Durante i giorni che lei passava in quei Monasteri, con alzate all'alba, silenzi e incontri con il Maestro, io stavo a Tarifa, o facevo un altro viaggio, in barca. Anche se c'è stato un momento in cui ero convinto di lanciarmi nell'attraversata atlantica, insieme a persone che sapevano di lunghe navigazioni, mi rimangono solo una patente da skipper e qualche uscita minima, con approdi di qualche ora. E poi da solo non ho mai navigato. Non ho mai fatto nulla, in modo completo, senza Nora. Anzi, sia io che lei, non abbiamo fatto nulla fino in fondo, senza l'altro. Lei stessa ha inseguito quella sorta di saggezza orien-

tale come un miraggio, convincendosi fosse
la sua strada: a me pareva che ricominciasse
sempre da capo con la capacità di meditare,
con lo yoga, con quella gestione del pensiero e
del respiro che dev'essere una gran conquista.
Ma non ce la vedevo. Non gliel'ho mai detto.
L'ho amata troppo, sarebbe stato stupido, o
degno di chi non ama, che è lo stesso. Tanto
lei sentiva i miei pensieri.

— Marcello, io allora vado —, diceva così
quando il volo e la permanenza tra le montagne del Mandir erano stati prenotati. Ci sentivamo una volta al giorno, ed era tranquilla,
anche se continuavo a percepire la tranquillità
di chi sta compiendo il suo dovere contando
i giorni che mancano. Come fosse una prova
che le avrebbe fatto bene. Non riconoscevo
gioia, o abbandono. Potevo anche sbagliarmi,
per questo non ho mai insinuato la mia perplessità. Ho sostenuto Nora sempre, tacendo
i dubbi. E lei apprezzava, o forse si era solo
abituata alla mia estrema discrezione, al mio
appoggio incondizionato. Solo dopo la scoperta della malattia ha avuto lampi furiosi, rabbia nei confronti dei miei silenzi. La malattia
parlava per lei. E io ho continuato a tacere
quello che mi appariva ovvio. La nostra ricerca personale, le scommesse che coinvolgevano
solo noi stessi, separati dall'altro, non avevano
sufficiente slancio. Ci siamo tenuti stretti, incollati al suolo. Lei, il suo animo occidentale,
quel buco incolmabile che la sua infanzia ave-

va scavato troppo profondo e poroso. Io, uomo di terra, calabrese e cocciuto, che non sarebbe mai stato un lupo di mare. Non sarei mai stato aperto come il mare, così come lei non avrebbe mai avvicinato il Nirvana. Se non adesso. E mi sorprendo a crederlo.

Eleonora è mancata domenica 25 novembre 2012 alle 3.10 di notte, nel letto di una singola stanza del reparto più figo dell'Istituto Nazionale dei tumori. Aveva 53 anni, compiuti il 24 Luglio. È come quando ti tagliano un braccio. All'inizio ti sembra ancora di sentirlo. Poi passano una, due, tre settimane e ti accorgi che non c'è più. Ma sei destinato a vivere, per istinto, e impari a usare meglio l'altro braccio e l'altra mano. Molte cose le fai in modo diverso, quelle che restano impossibili diventano anche superflue. Il braccio però ti manca sempre, te lo ricordano lo specchio e i sogni.

In India ci sono stato anch'io, due volte. Una con lei, ma quella volta cercavamo un Nirvana artificiale, e una senza di lei, prima. Esistevo, anche prima di lei. Il primo anno in Canova ero tutto spocchioso, mi sentivo pronto, in generale. Partivo per le Cinque Terre appena avevo qualche soldo in tasca, soldi che recuperavo facendo lavoretti da sguattero, come assistente fotografo, volantinaggio o aiuto imbianchino. E arrotondavo smazzando un po' di fumo. Alle Cinque Terre conosco una ragazza di Berlino, Monica. Anche lei abitava in una casa occupata e mi invita ad andare a trovarla.

Un classico. Come dopo le vacanze, gli amori e gli amici dell'estate furiosa. Ma noi avevamo in testa un'estate permanente e quando leggiamo che a Berlino è in programma la grande manifestazione anti-Reagan siamo già sul treno. A Berlino, che "era un po' triste, molto grande", ci son stato con il mio Bonetti, come sempre l'orso Tony. La manifestazione era il pretesto, l'esca, Monica, con la casa occupata nella mitica Berlino della trilogia di Bowie. Lui era avanti, è dove saremo, e noi ascoltavamo quei tre dischi come oggi si guarda un tom tom.

Low: scarso, il denaro.

Heroes: eroico, il sentimento.

Lodger: inquilino, abusivo e libero.

Le case occupate erano tutte nel quartiere turco, ruderi dei bombardamenti della seconda guerra mondiale. Chiediamo di Monica, il nostro passepartout.

— Ma chi cazzo è 'sta Monica? — è la risposta in un inglese facile da tradurre. Ancora oggi è una delle poche facce che ricordo, se chiudo gli occhi la vedo, questa Monica che non ho mai più rivisto. Intanto siamo lì, e vogliamo la casa. Mendichiamo un buco a questi punk destroyer, in una palazzina che al confronto Canova era Montenapoleone. Ci prendemmo gusto Tony e io, in quel caos rilassato. Anche la lingua era un rudere, un inglese di venti parole. Bastava a coprirci. Quando si fuma la stessa pasta succede. Questi punk tedeschi parlava-

36

no sempre di terrorismo, come qui e oggi da noi si parla della Juve e del Milan o di cosa cuciniamo stasera. I componenti della Baader Meinhof erano tutti suicidi o comunque morti in galera, non c'era stato nessun fenomeno di pentitismo. Confrontandoli con le BR italiane, e qui noi venivamo chiamati in causa, i tedeschi non capivano come si potesse prima ammazzare e poi infamare. Pentirsi. Tony e io ci vergognavamo per le BR, non avevamo altre risposte. Eravamo ospiti, italiani, e quindi della stessa opinione dei nostri interlocutori. La risposta era semplice, il pentimento è cattolico, e da qualche parte viene sempre fuori.

Restai a Berlino tre settimane, poi tornai perché mia madre mi aveva informato dell'arrivo della lettera di assunzione alle Poste, come articolo 3. Che significava tre mesi di stipendio. Soldi che mi permettevano un anno di vita libera. Momento da cannettina, solita compagna che distende i pensieri, ne ho bisogno, ho solo cominciato lo sbobinamento del passato, al quale chiedo anche sorrisi evaporati. Non bevo più da un pezzo, ormai, se non qualche sorso di birra, perché dichiararmi totalmente astemio mi intristisce. Non prendo pillolini per la pressione, o per l'altezza del colesterolo, non ingerisco chimica inorganica nemmeno per combattere la depressione feroce che mi attira come sabbia mobile: l'unico mio regolatore dell'umore è organico, da sempre, ed è la pastella d'hashish che mi procura la Sister, nome d'arte di Flavia, l'amica spagnola di Tarifa, che solo per me si presta a fare il pusher, o la benefattrice, due ruoli che, per un bisognoso, combaciano. Il mattoncino compatto arriva senza far rumore, da oltre il confine marocchino.La mia farmacia è lo sportello postale dove ritiro il mio pacchetto prioritario.

Avevo solo un mito: viaggiare. Nessun'altra ambizione, politica, carriera o studio, nei primi anni Ottanta. I libri erano On the road e Il giovane Holden, il primo punk che si ricordi. In seguito, nei trent'anni vissuti con Nora, donna da liceo classico superato in discesa, ho condiviso milioni di pagine e una lingua nobile, ma allora era l'azione l'unica strada, nella fuga verso altro, nel rifiuto del già confezionato. Il fratello più grande di Tony, generazione grandoni, era partito da Gratosoglio per il Nepal con il furgone della Volkswagen: tre ragazzi e due femmine, un anno intero su quelle montagne, per poi tornare dall'Afghanistan e fermarsi due mesi muovendosi a cavallo, cosa che ci faceva sballare, noi che alle elementari guardavamo solo western. Tornarono con un carico di anelli, pietre, bracciali, fumo e racconti, che oltre all'esotico chiedevano il mistico, e partimmo noi, Tony e io, con quel bagaglio di suggestioni, appena furono pronti i passaporti e i soldi dei tre mesi lavorati alle Poste.

In India ci siamo stati sei mesi. Due ragazzi stralunati e senza paura, altrimenti non sei un ragazzo, all'aeroporto di Nuova Delhi. Dopo i controlli della Polizia usciamo finalmente in strada. L'India si presenta con una fila interminabile di taxi. L'autista del primo è appoggiato al cofano e sta parlando con un tizio che mangia un frutto. Un istante, e un corvo piomba su quel frutto e se lo porta via. Bastano due battute e un gruppo di italiani ci riconosce, e ci dirotta in un hotel che si trova nel quartiere di Parangaj. Un mercato infinito immerso in un odore di fritto consistente come nebbia: se chiudo gli occhi lo sento. Rapiti da una scatola di vecchie suole e da una fila di barattoli di latta vuoti, la prima persona a venirci incontro è un giovane lebbroso senza braccia, appoggiato con il petto a un carrellino cigolante. Ci si ferma davanti. Ci guarda. Uno sguardo senza braccia, insostenibile. Tony mi tira per un braccio e io lo seguo. Scappiamo in albergo. E scopriamo che fare i punk è un giochino fin troppo borghese. Un po' di fumo ce l'eravamo portati da casa, tanto controllano solo chi esce dall'India, e restiamo in camera fino a sera, quando usciamo per fame vera, più fame chimica. Ordiniamo due montagne di riso con verdure e due cocacole. Alla seconda cucchiaiata ordiniamo altre due bottigliette, ma non bastano: io sono calabro, mio padre discende dal peperoncino, ma quello era l'inferno in una ciotola. Cediamo per la seconda volta. Poco più avanti vendevano banane tropicali e Tony dice che il potassio e lo zucchero bastano, così molliamo i nostri due piatti e compriamo tutti i caschi di banane che riusciamo a portare per rinchiuderci nuovamente in albergo. Tre giorni e tre notti, fino a quando non sono finite.

Dopo una settimana e dopo aver imparato a mangiare il fuoco, siamo partiti per la montagna, la mitica Manali. Era la grande meta di chi voleva fumare il meglio a chilometro zero. Un milanese che conoscevamo ci abitava e si offriva di ospitarci in un appartamento di fianco al suo. Avevo fatto la scorta di pantaloni e camicie di raso e cotone, i loro modelli larghi che facevano su misura, con il metro, al volo, poi olio d'oliva, magliette della salute e un paio di scarponi da montagna, perché lassù faceva freddo e noi eravamo partiti estivi.

Ventiquattr'ore in un pullman macilento, tutto sterrato, strade strette, si passava a turno, e tutto a pelo del ciglio della strada, che guardava strapiombi, e questo autista che guidava come un pilota di F1. Al posto delle pillole per il mal d'auto c'erano le palline d'oppio, ne calammo un paio e riuscimmo a sopportare quella montagna russa cinese. Intorno a noi pelle rossiccia come la terra vulcanica, facce con metalli al naso, padiglioni auricolari pieni di orecchini a cerchio, le mani completamente tatuate. Mi sentivo in un documentario sul Medioevo cinese. A Manali non esistevano penne, accendini, cocacole. Le pile duravano mezz'ora. C'era una legge che vietava o limitava le importazioni. Non c'era nemmeno la carta igienica. Ma quella era un'usanza. Per cagare ti davano un barattolo pieno d'acqua. La prima volta che chiesi dove fosse il bagno in hotel, mi passarono questa tollina piena e pensavo che mi prendessero per il culo. Invece era da prendere per lavarsi il culo.

Foreste, sassi come macigni, e fiumi. Tutto enorme. Western. Questo il mio impatto lassù, anche se erano solo 2000 metri. Continuavo a vedere film. Forse perché fino a quel momento i film erano stati gli unici viaggi fatti fuori da una città. Il paese era una via in salita, abitato da scimmie, falchi, cornacchie, scoiattoli e per arrivare alla nostra casa dovevi attraversare un fiume passando un ponte fatto con due tronchi vicini, una struttura simile a quelle dei parchi sospesi per il divertimento, solo che non c'erano corde e moschetti di salvataggio.

Ci siamo cagati in mano e senza tollino, io e Tony, mancavano solo gli indiani sugli alberi a fare il tiro a segno. Il tipo della casa dice — In fila indiana! — e parte rapido. Noi dietro, un po' fattarelli, un po' cazzoni, per questi trenta metri. Tempo due giorni e li facevamo correndo. L'ho imparato: il pericolo è un'opinione. La casa era un fumetto, più che un film, in mezzo a una radura, un verde esagerato, esagerati gli odori, esagerato lo spazio. Ho percepito il maestoso. Una sensazione che ho provato solo un'altra volta, davanti al Gran Canyon, insieme a Nora. Seduti su una panchina da picnic. A un certo punto sono arrivati dei corvi sul no-

41

stro tavolone di legno a beccare i rimasugli dei nostri sandwich. Tranquilli, e noi più di loro. Come a Delhi, sempre il corvo che pasteggia a sbafo.

Un'antica credenza dice che quando qualcuno muore, un corvo porta la sua anima nella terra dei morti. Ma quando la morte è particolarmente triste o dolorosa, il corvo fa resuscitare l'anima per poter regolare i conti. Ma i conti con il passato devo regolarli da me.

6

È stato l'ultimo gesto di Nora, il giorno prima che smettesse per sempre di respirare. Pochi minuti in cui era uscita dal sonno della morfina. Aveva gli occhi aperti, anche se non riusciva a pronunciare parola. Mi avvicinai al letto. Lei alzò la mano destra, prosciugata e livida, invitandomi a scostarmi. Io non capivo, eravamo solo io e lei. Insisteva, la mano aperta di fronte a me si muoveva tremante da sinistra a destra, voleva che mi spostassi, era evidente. Io mi giravo, le dicevo che non c'era nessun altro, non capivo dove voleva che andassi, con la voce ormai petulante, sfinita... Finché mi sono spostato di lato e lei ha fatto cadere la mano sul lenzuolo, guardando fisso in quell'angolo di muro dove c'era l'attaccapanni. La palpebra pesante. Nella fessura del suo sguardo, un lampo e una supplica. Io ero trasparente, esisteva solo quella direzione che finiva nell'attaccapanni. Nora perse conoscenza. E non la riprese più. La notte dopo, l'infermiera che la accudiva mi parlò con consumata serenità. Mi sentivo sott'acqua, quel momento era annunciato da giorni e pensavo che mi avrebbe sollevato, anche solo di un millimetro, invece stavo crollando. Non lo sai, finché non succede. Questa donna mi aiutò a riprendere lucidità, e quella lucidità mi fece ricordare l'ultimo gesto di Nora, al quale pensavo, cercando dove fosse il nostro ultimo saluto, quel giusto addio che meritavo. Lo meritavo, cazzo... Mi attaccai a quel momento, chiesi all'infermiera cosa volesse vedere Nora, certamente un'allucinazione da morfina, quella traiettoria che non portava da nessuna parte.

— Se vuole glielo dico. Decida lei.

— Certo — risposi, anche se messa così la frase mi spaventava.

— Le chiedeva di spostarsi perché lei era in mezzo, la stavano chiamando e lei le impediva di seguire la strada...

— Per dove? Da dove?

— Lo sa, Marcello.

Chiunque, al mio posto, ci avrebbe creduto, ma non è la curiosità il sentimento che mi fa desiderare di raggiungerla.

Sta per fare buio, devo andare a prendere il paccone della pappa per Valentino. Appena mi vede mettere le scarpe si agita, sale sulle zampe posteriori per abbracciarmi. Quella coda che sventola è tutto quello che mi resta della felicità a portata di mano, spudorata, della quale sono la causa. Anche quando sono

talmente pigro e sopraffatto dal senso di inu-
tilità trovo la forza di portare fuori Valentino.
È il mio Prozac, quella coda. E quella bauscia,
calda, filamentosa, che schifa chi non ha mai
avuto un cane. Lui e io ci scambiamo bisogni.
Non posso immaginare che Valentino non ci
sia. Mi viene freddo, un freddo che mi ricorda
quello dell'astinenza. E mi spaventa. Eppure
sono parecchie le situazioni in cui mi sento castrato perché non posso averlo con me, e non
posso nemmeno lasciarlo troppo tempo solo a
casa. Anche gli amici più cari si mostrano gentili con lui ma la fatica è lampante. Per questo
io saluto sempre presto. Perché sento il suo
pensiero animale che comprende la tristezza.
Dopo poche ore che l'ho lasciato solo a casa il
senso di colpa comincia a rosicchiare. E cedo,
come un osso di polistirolo.

Tra le poche persone che mi sono state vicino, Giovanna e Pietro. Hanno tre figli: Martina, Jacopo e Alice. Noi due non ne abbiamo
avuti. Ne abbiamo rifiutati tanti, troppi. Abbiamo sempre scelto, non abbiamo mai subito la sorte. Quando poi lo avremmo voluto, la
natura non ha potuto. E non posso permettermi adesso di rimpiangere. Non sono sicuro
nemmeno di amarli, i bambini. Tranne Alice,
la figlia più piccola di Giovanna e Pietro. Nora
era malata quando è stata qui. Quella sera,
come sempre, cucinavo. Alice con me ai fornelli, avevamo anche chiuso la porta per non
far uscire gli odori. Mi porgeva le cose, mi vo-

leva aiutare, parlavamo di trito di cipolla o del pomodoro sbollentato per poterlo spelare, e lei assorbiva con i suoi occhi enormi. Ero nella fase frullatore: Nora si incazzava con me poi si pentiva, passava dal letto al divano, bisognosa di tutto, anche di un bicchiere d'acqua, e intanto aleggiava l'ultimo esame medico, con l'esito che non era mai pronto, e da quello dipendeva la nostra stessa esistenza. Adesso lo so, lo posso dire: ero solo. Solo con tutto quello che dovevo fare, tutto quello al quale dovevo resistere, tutto quello che sentivo, che sapevo mi aspettava. Che non sapevo mi aspettasse. Ma in quell'ora, chiuso in cucina con Alice, ho sentito un tepore diffuso, un contatto che mi rendeva leggero e fiducioso. In quei momenti, avrei ucciso per avere una figlia. Quella figlia. Però aveva il terrore di Valentino, Alice. Era riuscita, dopo un po', a mantenere il controllo, a non manifestare la paura iniziale, quella che la faceva ritirare con le mani come una mantide, appiccicandosi al primo corpo solido dietro di lei. Si notava il suo sforzo di vincere la paura, si era avventurata fino a tentare di accarezzarlo, Valentino, come gli indicava Nora, con insistenza: con le due mani vicine, le dita a uncino sulla pancia, di fianco, con forza, come un rastrello. Era il modello di carezza che lo faceva imbambolare, per non dire godere. Alice ci aveva provato. Si era avvicinata lentissima, con una mano, come fosse tra le sbarre della gabbia di una tigre. Ma Valentino aveva voltato di scatto il muso e altrettanto veloce lei si era spaventata. Però... Ricordando si fanno scoperte. Ci arrivo adesso all'ipotesi: Alice si era chiusa in cucina con me per non stare nella stessa stanza dove c'era il cane, con i suoi genitori e Nora. Ecco, potrebbe essere così: il candore e l'istinto di sopravvivenza. Indistinguibili. In fondo, lei e Valentino hanno molto in comune.

Pietro e Giovanna sono stati all'ospedale qualche ora prima che Nora morisse. Era sabato sera. Li avevo chiamati per avvisarli che se avessero voluto vederla non c'era altro tempo. Mi avevano confermato che Nora sarebbe morta nel giro di ore, "da una a venti" dissero. Ho chiamato le persone che sapevo desideravano vederla. Non è stato bellissimo riconoscere che erano davvero poche, tolti i parenti: Filippo, Paolone e Sara, Pietro e Giovanna. Fine. Certo, dopo diciott'anni in un altro paese torni e sei fuori. Il tessuto milanese isola e trattiene solo comunità piccole e tenaci. Gruppi che si saldano perché hanno gli stessi progetti lavorativi, oppure libidini o dipendenze. La coppia di amici è entrata nella stanza dove Nora respirava con sobbalzi della testa, la bocca aperta, un pesce fuori dall'acqua. Gli occhi chiusi, seppelliti dalla morfina, una bombola come quelle da sub di fianco al letto. E quel vagito graffiato, che un pesce non farebbe e al quale mi stavo abituando, lo so, anche se adesso a rivedere l'immagine - perché le immagini sono dentro di me, il file della mia memoria è pieno di quelle e non faccio che cliccare su ognuna a ripetizione - mi chiedo come sia possibile abituarsi. Pietro e Giovanna sono entrati e dopo tre secondi lui è uscito. Non posso, ripeteva, no cazzo, non posso. Si era infilato in un corridoio, e dopo dieci passi si era fermato. Aveva gli occhi lucidi, non voleva piangere, farsi vedere piangere da me, da me che al telefono con lui avevo pianto senza ritegno, libero e disperato, e che appena smettevo continuavo a chiedergli scusa. Chissà perché ci si scusa di piangere... Come se fosse una colpa o una debolezza. La scienza dice che il mio cane non versa lacrime, che il lacrimare è solo degli umani, e quindi perché ci si dovrebbe vergognare di un'esclusiva? Ci si dovrebbe vergognare, allora, anche di camminare su due zampe. Valentino piange senza lacrime, guaisce, abbassa la testa. Mi basta vedere come si sdraia, come cammina, per sapere che sta piangendo. Gli ho visto anche delle piccole lacrime, ma non voglio parlare di miracoli o smentire la scienza, chissenefrega. Il fatto resta: siamo due vedovi, io e lui. Quello che Pietro non voleva, non riusciva a guardare, non era Nora che stava morendo ma il volto della morte che abitava nel corpo di Nora. L'aveva già vista tre giorni prima, il giorno del notaio. Un siparietto necessario e imbarazzante. Lui e Filippo erano venuti per fare da testimoni. Nora e io ci eravamo sposati in Spagna e mai preoccupati dei passaggi

48

burocratici, per cui qui, in Italia, non eravamo riconosciuti come marito e moglie.

Abbiamo una casa, piccola, a duecento metri da qua, sulla Martesana, e senza un testamento il passaggio di proprietà non sarebbe avvenuto automaticamente. Il tempo per ricevere il documento originale dalla Spagna avrebbe sicuramente superato quello della vita di Nora e così un mio cugino, molto credente, uno dei pochi casi in cui comportamento e fede combaciano, mi ha procurato questo notaio che è venuto a sbrigare la pratica nella stanza dove Nora era ricoverata.

L'appartamento lo affittavamo a stranieri, turisti in generale. Da due giorni a una settimana. Un business che si era inventata Nora. Non avremmo potuto viverci per sempre in tre, in quei trentacinque metri quadri che abbiamo usato come base milanese in questi diciotto anni. Il denaro che entrava, in nero, copriva l'affitto del grande appartamento dove vivevamo e avanzava qualcosa per il budget familiare. Nora ha impostato foto e informazioni su un sito di affitto case, a 60/70 euro al giorno. Ha disegnato e scritto una guida in inglese a disposizione degli inquilini, con i luoghi da visitare partendo da via Gluck, i numeri di telefono classici delle istituzioni, le stazioni utili, le linee metropolitane, alcune trattorie della zona, i supermercati vicini, il percorso della Martesana che inorgoglisce la casa, e qualche altra chicca, a suo piacere, come la nostra pa-

49

sticceria e un negozio di cibi biologici. Seguivano le istruzioni per il funzionamento degli
elettrodomestici, come quello della lavatrice
e della lavastoviglie. Sapevo fosse una guida
perfetta in partenza. Le sue mail di risposta
e le sue telefonate in stile molto british davano al nostro appartamento quel sapore inter-
nazionale che fa la differenza, trattandosi di
clienti non italiani. I commenti sul sito erano
lusinghieri. L'appartamento era quasi sempre
occupato.

Una coppia di australiani è stata la sua
preferita. Lasciarono la casa che profumava
di nuovo, di detersivo leggero, così mi disse
Nora, e un piccolo biglietto di ringraziamento
infilato nei fogli delle istruzioni. Invece a quattro ragazze greche il suo massimo disprezzo,
ma fu nel periodo dell'affermazione della malattia. Vestite da cucco rapido, con tacco alto,
al quale Nora era ormai allergica, si aspettava-
no che l'appartamento fosse vicino al centro,
al Duomo. Volevano luci e boutique, l'anima
fashion di Milano sotto casa, e invece c'era il
profilo della stazione, i tunnel bui e puzzolen-
ti, tre negozietti e quel canale che immagino
apprezzassero quanto una pozzanghera. Nora
le incontrò al loro arrivo in taxi e le ragazze
manifestarono subito la delusione. Lei fu gentile, cercò di far capire loro che la posizione
era strategica e vicinissima al centro ma le
facce schifate delle quattro la fecero incaz-
zare presto: disse loro che dovevano pagare,

altrimenti le avrebbe denunciate. Le quattro saldarono fino all'unghia i quattro giorni prenotati e chiamarono un nuovo taxi per andarsene. Il giorno dopo, mattinata tardi, Nora mi chiese di rispondere al suo cellulare, perché era a pezzi: non faceva che svegliarsi e riaddormentarsi sul divano. Le greche parlavano un inglese pessimo, per questo riuscii a capire. Riferii a Nora che ci avevano ripensato e che volevano l'appartamento.

— Vai tu però, Marcello, io quelle non le voglio più vedere. — Le trovai assurde, ma simpatiche, vitali, forse perché avevano la gentilezza della coda tra le gambe. Le feci entrare, mostrai le istruzioni di Nora, manifestarono apprezzamento con un paio di miagolii, capimmo insieme come dividere i posti letto, tre nel lettone, che era enorme, e l'altra sul divano, pigiate come in galera, e me ne andai, ritirando una paio di carte d'identità e non senza aver pensato che in quel puttanaio che sarebbe stato il mio appartamento per quattro giorni ci avrei fatto un tuffetto, riesumando le atmosfere di Saman. Le quattro greche lasciarono l'appartamento senza: aver alzato una scopa, centrato la pattumiera, sciacquato lavandini, passato uno straccio, lavato una pentola. Alcune bottiglie di birra Dreher e una di Sambuca, con ancora due dita di liquore, sotto il tavolo della cucina. Sotto il letto un cotton fioc con la testa nera di matita e la carta di un cerotto. Sul muro il baffo di un rossetto, e batuffolini di peli e capelli nello scarico della doccia e nel bidet. Solo il frigorifero era vergine. Me lo aspettavo, ma non dissi nulla a Nora. Riflettei sul cerotto, cercai addirittura del sangue, da qualche parte. Poi decisi che serviva a coprire qualche vescica dovuta alle scarpe sbagliate per il passeggiare meneghino.

Cenavo e pranzavo all'ospedale, durante il definitivo ricovero di Nora. Il parente prossimo poteva usufruire del servizio mensa, gentile e di discreta qualità, e così io lasciavo la mia postazione solo per tornare a casa da Valentino, portarlo nella sua escursione sulla Martesana, dargli il suo piatto preferito, sbrigare qualche pratica obbligata. La mattina che andai al consolato spagnolo per capire come convalidare il nostro matrimonio anche in Italia, non feci in tempo a pronunciare il motivo della mia visita che ricevetti la telefonata dal dottore che aveva in cura Nora.

— Per favore, parli con lei, è ingestibile — mi spiegò, — l'abbiamo trovata nei corridoi, con la flebo staccata, il cappotto appoggiato alle spalle, che cercava di scappare.

Me la passò.

— Marcellooo! Vieni a prendermi, qui c'è gente che non conosco, chi sono questi? Mi vogliono portare via, vieni subito... — Era agitatissima.

— Amore, sono i dottori, stai tranquilla, non avere paura, non ti portano via... — Ma lei aveva ripetuto, con più rabbia, imperativa — Vieni subito! — come un disco rotto.

— Arrivo amore, il tempo di prendere la macchina e portare Valentino a casa.

— Subitooo!

Avevo lasciato Valentino in macchina ad aspettare, dovetti riportarlo a casa, dargli da mangiare e uscire. Lui non capiva, saltava chiedendo altro. Guidai come un forsennato, lo ricordo come uno dei momenti in cui la paura di non farcela era certezza.

La questione spagnola richiedeva tempi troppo lunghi per chi non ha più tempo, così il nostro matrimonio italiano venne celebrato direttamente nella stanza dove Nora era in fin di vita. Il notaio che l'ha legalizzato era un uomo passati i sessanta. Con un completo marrone cucitogli addosso. Una scarpa lucida e una borsa di pelle che poteva essere umana. Un uomo che non doveva aver mai esercitato un'azione che non prevedesse qualche firma: le mani erano candide come quelle della statua della madonna in preghiera con gli occhi al cielo. Recitò la prassi, i testimoni misero la firma, Nora dovette pronunciare faticosamente una frase che dimostrasse la sua volontà: con quegli occhi da cavia, i capelli radi, nella semi-incoscienza della morfina, mi lasciava in eredità il poco materiale che avevamo, tutta una vita passata e un'altra futura che mi appariva immersa nella nebbia come il mercato di Nuova Delhi. Era il commiato. Il matrimonio all'inverso. O la realizzazione dell'ultimo pas-

so della liturgia. Terminato, dico: Ok, lasciamo tranquilla Nora, e apro le braccia per accompagnare l'uscita dei testimoni e del notaio.
Pietro guarda Nora, con gli occhi dubbiosi e
preoccupati, e chiede: — Ma come, andiamo
già via?

— Sì, è meglio, — rispondo. Nora ricambia il
suo sguardo con compassione, mi è sembrato,
ma non ero lucido, non capivo più le dinamiche, e gli risponde

— Ma no Pietro, non preoccuparti, non è
mica finita qui. Ci vediamo a casa.

Il giorno dopo è venuto a trovarla il prete che abita nella cappellina all'ultimo piano
dell'ospedale. Ci era andato a parlare uno dei
due testimoni, Filippo, che è molto credente,
da qualche anno anche di più. Abbiamo provato entrambi il periodo della roba e ora condividiamo l'unico vizietto della cannettina di
conforto. Siamo due aggrappati: lui alla fede,
io ai ricordi e a un cane. Lui è più saldo. A me
scivolano le mani. Ci siamo conosciuti in quel
lontano periodo di merda, e ora in questa nuova merda mi è vicino. Tra l'altro è l'unico che
ha un rapporto sereno con Valentino, tanto
che credo di lasciarglielo qualche giorno quando tornerò a Tarifa per l'atto finale. Filippo mi
aveva detto che Don Pietro è una persona che
trasmette grande serenità e che a Nora avrebbe fatto bene. Aveva anticipato la sortita por-
tando nella stanza un quadretto della Madon-

na, posizionandolo di fianco al letto, dicendo
che era molto bello, anche se era un classico
mezzo busto con le mani candide come quelle
del notaio, in preghiera. Preparava il campo
al prete, da buon servitore, un po' chierichet-
to. Mi perdono queste piccole ironie, sarà la
pazzia, quella che arriva dopo il troppo dolore,
quasi a resettarlo. Comunque Nora non è mai
stata credente, se non ai suoi santini indiani,
ma la visita di Don Pietro fu molto importante. Era come se aspettasse un momento così. E
Filippo era soddisfatto, aveva la sua conquista
da raccoglitore di anime, portava a casa una
conversione. Sul letto di morte si è disposti a
scommettere su una vita eterna, o perlomeno
in un luogo dove si arrivi alleggeriti dei pec-
cati, che nel nostro caso erano davvero tanti.
Il risultato giustificava la scelta. Parlarono a
bassa voce, la parola Gesù risuonava, io rimasi un paio di minuti, e vista la situazione che
mi escludeva naturalmente, con quella sottile
vergogna da guardone, uscii, lasciandoli soli.
Non avevo mai assistito prima a un rapporto
intimo di Nora con un altro uomo.

Quando tornai in camera la prima cosa che
mi colpì fu il suo viso diverso, o meglio, Nora
era tornata uguale a se stessa, però un se stessa antico, di quando l'ho conosciuta: quello
sguardo adolescente e una strana serenità.
Come dopo l'amore ben riuscito. Ma non ero
geloso di questa variante dell'atto sessuale che
Don Pietro esercitava con tanta sapienza, e

potrebbe essere una mia suggestione, ma non sono disposto a rinunciarci: quando ho visto Nora la prima volta, trent'anni fa, era così. E questa era l'ultima. Uguale.

7

Torniamo a vivere a Milano a febbraio, quasi primavera, e dopo quattro settimane arriva la tosse. Una tosse insistita, nervosa, quasi canina. La febbre. Siamo tornati in Italia perché la Spagna era alla canna del gas e avevamo due attività che si stavano spegnendo. O meglio, all'Ocean Cafè, apertura otto di sera e chiusura cinque di mattina, nel quale ho preparato Gin Tonic e Mojito a ripetizione e che per quasi quindici anni è stata una macchina da soldi, erano arrivati problemi da ogni latitudine. Parecchio del denaro accumulato ce lo eravamo fumato in viaggi e bella vita, ma soprattutto nella seconda attività voluta da Nora, sempre a Tarifa: un negozio di vestiti, pietre, anelli e bracciali, tutto molto esotico e sofisticato, materiale che compravamo da viaggiatori mirati che tornavano con il meglio dall'Asia. Ci credeva solo lei, e io perché sono sempre stato portato a crederle. L'amata Tarifa della vita a mille, anche se durissima, non reggeva più. Questioni pratiche, soprattutto. Ma anche emotive. La notte, a cinquant'anni e dopo trenta passati a venerarla, ti appare uguale a se stessa. La tua inquadratura cambia, quell'energia diffusa, appena smetti di bere e farti colpettini di bamba, la vedi per quello che è: dopata, innaturale. Non può esserci più nulla a stupirti e rilanciarti. Il banco davanti a te, la musica del dj, le luci basse, l'urlare per sentirsi, il rumore secco della cassa che apre, riceve e chiude, la lavastoviglie che scandisce i tempi, il ghiaccio a pieno carico. I gesti: dell'infilare la cannuccia nel beverone, lo straccio che passa rapido sul banco di alluminio, le fette di limone, il tempo esatto del piegare il becco di metallo della bottiglia dal liquido trasparente, la lunga lacrima in giusta quantità. La mano appoggiata alla spina della birra, quei pochi secondi della mescita in cui pensi alla prossima ordinazione, magari approfitti per fare un movimento a tempo di musica con la testa, perché è festa anche per te, o almeno è bene che sembri, e sbirci una figa che ormai aspetti, anche se non hai nessuna possibilità di provarci, non puoi, non vuoi, non sapresti nemmeno come fare. E ami Nora, ma non conta, nel flusso della noche loca. O sei diventato più platonico, che significa che ti si è alzato soprattutto il senso estetico. Sollevi il boccale e smetti di pensarci, lo poggi sopra un sottobicchiere sponsorizzato e saluti con il cinque della mano i fedelissimi del bancone. Intanto controlli che non entri la faccia sbagliata, che già sai, quando la vedi. Hai la piccola ansia che vive sottotraccia, che tornino quelli che hanno combinato il macello qualche sera prima, o i vigili, la polizia, Los Maderos in spagnolo...

In pausa sigaretta, i primi anni buttavi l'occhio al cielo, rapido, ma ci stava, poi è stato sguardo basso, massimo altezza d'uomo, tre minuti, la sigaretta come benzina, una dose d'aria nuova. Spesso anche due tiri di quello che hai o ti viene offerto, e intanto sono sempre tutti più giovani di te, e lo sono sempre di più, e tu diventi sempre di più il proprietario, sempre più scollegato dal divertimento, sempre più addetto al servizio distribuzione alcolica, e quando tutto diventa solo lavoro, incasso, la notte ti appare più simile a un incubo che a un mistero. Nora aveva bisogno di qualcos'altro, un nuovo business, una gratificazione, qualcosa che le riempisse le giornate e la trattenesse ancora a Tarifa, in Spagna, sull'oceano. Perché a Milano aveva paura di tornarci. Succedeva per due, tre volte all'anno. Per vedere i miei genitori, vivi anche se stanchi e malaticci, mia sorella e i miei due nipoti, oppure per andare a trovare la sua vecchissima zia, unica sua parente prossima, nonché portatrice di un'eredità che le sarebbe spettata e alla quale, non mi vergogno a dirlo, facevamo affidamento. Una piccola casa di Firenze che consideravamo come la nostra pensione, visto che non avevamo alcun contributo versato. Di nostro c'è la proprietà del monolocale sulla Martesana, quello dove tornerò a marzo, che fortunatamente comprammo per i nostri brevi ritorni a Milano, quando gli affari a Tarifa viaggiavano alla grande. Nei periodi in città andavamo giusto al cinema o a cena da Pietro e Giovanna, da Paolone e Sara, o veniva a trovarci Filippo. Erano gli unici allora, sono gli unici adesso.

— Questa città di merda!

Mi risuona nella testa la frase, l'intonazione, l'espressione di Nora che la accompagnava. Malediva il traffico, che non era così ossessivo vent'anni fa, quando salutammo per raggiungere un punto estremo d'Europa. Che bello guardare quella punta d'Africa dalla spiaggiona davanti a casa, a occhio nudo, là, che sembrava a uno sputo... A Milano lei soffriva come una bestia: lo spostarsi in auto, il grigio, quando pioveva, persino le facce della gente le davano fastidio. Accomunava tutto. Io non avevo questo astio, ma sapevo le ragioni profonde del suo. Questa città ci aveva sconfitto, eravamo scappati, lo avevamo fatto da subito, da quando ci siamo incontrati al Plastic e non ci siamo più lasciati.

Il negozio a Tarifa non ha mai iniziato a lavorare. È sempre stato, in quella strada che porta al mare, poco più che un'esposizione permanente, una mostra da visitare con entrata gratuita e uscita a mani vuote. Che Eleonora fosse milanese nel profondo lo dimostrava lo stile. La merce era sì proveniente dai paese asiatici, da quella cultura alla quale ambiva appartenere, ma il contenitore era spudoratamente meneghino: quella cazzo di via Montenapoleone che torna sempre come un'icona buffa, tornava perché c'era, era una sfumatura del suo DNA. Quel negozio era strafigo, degno del centro di Milano, di signore che fanno shopping come lavoro e lei ci stava dentro come il custode di una galleria d'arte. Nora si prestava per linguaggio e portamento, al ruolo, ma dopo tre anni a passeggiare nel silenzio era crollata. Intanto il denaro investito nel negozio evaporava, in attesa di una clientela ideale, totalmente assente, lontanissima da quella reale. Questa storia del negozio ha dato il colpo di grazia a Tarifa, ma ci siamo ostinati con la Spagna. E un anno a Jávea, provincia di Alicante, ci abbiamo provato, prima di cedere a Milano.

Nora ha tossito quasi subito, appena insediati in questa casa di Milano in affitto, trovata dopo una settimana di ricerche. La sua bisogna tutta milanese ci aveva portato in questo palazzo nuovissimo, signorile, a due passi dalla Stazione, quindi dal centro. Le piaceva disporre del soldo e di ciò che lo dimostra. È una condizione dell'anima, e io la rispetto. Anzi, l'ho amata. Solo le scarpe la allontanavano dalla figura classica di sciùra milanese. Odiava i tacchi alti da quando eravamo tornati da Tarifa, dove le strade non lo permettevano: la vita in faccia all'oceano chiede comodità. Da allora portava solo scarpe basse, e se lo può permettere chi ha gamba e caviglia perfette, non bisognose di protesi. Davanti al campionario esposto in vetrina, pieno di forme varie e slanciate, anche costosissime, manifestava il suo disprezzo per l'oggetto e per la donna che lo indossasse: femmine con problemi di autostima, diceva. Non ho mai sindacato, nemmeno approfondito. I problemi c'erano anche per lei, ma non partivano dai piedi. Tossiva per espellere l'aria malsana.

Non dico che sia stata questa città a farle venire il tumore ai polmoni, un nemico accovacciato, ma sarei pronto a scommettere che in quella terra sull'oceano spazzolata continuamente dal vento il suo respiro l'avrebbe tenuto addormentato ancora per molto tempo, il mostro. Che fosse destinata, ora mi convinco che lo sapesse. Lo aspettava. Come sua madre, a cinquantatre anni, stesso tumore ai polmoni, lunga e terribile agonia nei primi anni Ottanta, quando Nora era fresca maggiorenne e con il denaro ricevuto in eredità scappò tre anni in Sudamerica. Erano già tempi di targhe alterne, polveri sottili oltre i limiti di guardia. E ora che dirada la nebbia dell'agire, mi sembra di vederci chiaro. Inconscio o consapevole non cambia: Milano era la malattia. Però Nora fumava sempre venti, trenta sigarette al giorno. La paura del cancro non bastava a toglierle un vizio al quale non si è mai sognata di rinuncia-

re. Come suonano adesso patetiche e pure tenere, commuoventi, le sue giustificazioni, oltre che a me agli amici, quando riportava frasi
di dottori o statistiche che dimostrassero che
"fumare non fa venire il tumore, ma ti viene
se deve venirti". Però l'aria di Milano sì, quella
ti faceva paura, Nora. E avevi ragione. Era più
facile scappare da questa città che abbandonare un vizio amato. E noi, i vizi, li abbiamo
adorati.

Una brutta bronchite, la diagnosi al Pronto
Soccorso, perché non avevamo il medico di
famiglia. Una settimana di antibiotici classici
ma la sera del quinto giorno la febbre è ancora
alta. Torniamo. Questa volta è polmonite, la
nuova diagnosi. Cambio di medicine, più po-
tenti, per due settimane. Intanto stanchezza,
nella fase di nuovo ambientamento milanese.
C'era da arredare, con il minimo, ma sempre ad
hoc, e soprattutto badare alla zia, novant'anni, venuta a stare al piano sotto di noi, perché
dove abitava non poteva più farcela: dopo una
caduta in cucina, un femore scheggiato, troppi
giorni senza muoversi, era costretta a letto e
non più autosufficiente. La accudiva una go-
vernante peruviana. La testa le funzionava ancora i primi giorni, ma gestirla e gestire tutte
le questioni mediche o amministrative che la
riguardavano era un lavoro, che Eleonora faceva con una buona dose di affetto.

Erano simili, le due donne. Si capivano.
Credo anche che si piacessero. Noi avevamo

bisogno di sopravvivere. E non parlo tanto di denaro, avevamo un po' di soldi da parte e in più Eleonora stava organizzando l'affitto per brevi periodi del monolocale sulla Martesana: parlo di energia da investire nel futuro, che chiamarlo incerto è un complimento. Il decimo giorno della seconda ondata di antibiotici la febbre resiste a trentotto, e si decide per la Tac. Mi fermo al suono di questo acronimo, che colpisce secco.

Dopo la scoperta della malattia di Nora e la prima serie di chemio, anche la zia, vuoi per il dispiacere o proprio per la demenza sopraggiunta dall'inattività, crollò: era un corpo vivo ma non vivente. Noi potevamo apparire avvoltoi. Noi e le cugine, parenti laterali della zia, con le quali Eleonora avrebbe diviso, già pattuito nel testamento, i beni lasciati in eredità. In sostanza due case: a loro, quella in Valtellina, oltre a una vecchia Panda e al denaro in banca. A Nora la casa di Firenze. I loro rapporti erano tristi e costretti. Non si conoscevano, non potevano essere più estranee, e quella parentela alla quale un rivolo di sangue le costringeva era offensiva per entrambe. Nora borghese, snob e orgogliosissima. Loro vili popolane.

Tutti i soggetti in questione, e io sono costretto a inserirmi tra questi, condividevano però un opportunismo che definirei naturale. È difficile, anzi impossibile, separare le proprie emozioni dai propri bisogni. Quanto è vergognoso aspettare, se non desiderare che muoia qualcuno che è diventato un vegetale? Anzi, no, il vegetale dà fiori o frutti o foglie, ma offre qualcosa. La zia non sapeva più nemmeno ricevere, non riconosceva variazioni. È colpevole sperare che muoia una persona che ha consumato i suoi giorni? Forse sì. Abbiamo fatti i conti con il peggio di noi stessi, in silenzio, perché non abbiamo mai detto: "Speriamo che muoia presto". E proprio quel non dire manifestava che fosse pensiero e desiderio insieme. Ma chi potrebbe sostenere che in quella situazione e momento la morte di quella donna non fosse giusta, utile, sana? In rispetto del futuro, in aiuto al futuro, e ribadisco questa parola, forse perché è quello che mi manca da troppo tempo. Quella alla quale non ho l'energia di credere. Che cazzo di morale si può sventolare? Chi può essere dotato di un tale sentimento di purezza, tale nobiltà assurda da venerare una vita già spenta e non ammettere che quella vita potrebbe abbandonare un corpo inutile per aiutarne uno nel pieno delle sue funzioni o, ancora peggio, in lotta con le sue funzioni primarie? Non posso avere paura di quello che ho pensato. E non ce l'ho. La zia è morta due giorni dopo Nora, e alle cugine, per legge, andava anche la casa di Firenze. Perché io non sono un parente della zia. E il testamento diceva: a Eleonora Vernetti. Ma Eleonora non c'era più. Le due cugine si sono tenute tutto, dicendo che era giusto, che loro avevano fatto tanto e che io non c'entravo con la loro famiglia. Hanno anche insinuato che Nora avesse usato soldi della zia senza documentarli. Non so quanto possa essere vicino al vero, ma quello che ho risposto e come l'ho detto, in quella telefonata, lo voglio ricordare come il mio ultimo ruggito. Che conteneva un morso assassino.

Le due cugine vennero in ospedale la stessa sera di Pietro, che aveva pianto di nascosto fuggendo dalla camera, e Giovanna, che invece era rimasta dieci minuti dentro e all'uscita era commossa: — Sono contenta di essere stata con lei, sono contenta...

Era sabato sera, ora di cena. Eleonora muore quella stessa notte. La cugina Franca singhiozzava, l'altra, più giovane, della quale non riesco a ricordarne il nome, si era portata il fidanzato, l'autista. I due sono almeno riusciti a mantenere l'indifferenza che gli apparteneva, lui capace anche di ridere di un nulla, mentre io consolavo la cugina, concentrata nella parte dell'affranta. Ero gentile, le dicevo di andare a casa a riposare, convinto che quelle lacrime non fossero di coccodrillo. La zia aveva i giorni contati anche lei, e questa corsa contro il tempo e con Eleonora era così triste da apparire comica. Tragicomica, per me. Che tifavo perché morisse prima la zia. Mentre loro tifavano per Eleonora secca in anticipo. Ero ubriaco. Senza bere, dico. Non capivo un cazzo, parlavo ad alta voce, o a voce bassissima. Avevo perso anche il tono. Tutto mi appariva enorme o insignificante. Mi aspettava lo sbrigare pratico di cose varie, a partire dal funerale, che mi sembrava come organizzare un'Olimpiade, mentre non sapevo nemmeno più se mi interessasse vivere. Non lo sapevo. Mi spaventava come sarebbe stato vivere dopo. Senza. Ancora. Che cazzo vuoi organizzare? Io non voglio più organizzare una beata minchia. Era vero, non ero della loro famiglia. Con quelle cugine io non c'entravo. Però la vita di Nora è la mia, e tutto quello che avevamo, anche solo progettato, era mio. Tutte le energie spese, tutto quello che mi aveva consumato per resistere con lei, mi fa dire che porto Eleonora con me e quella casa avrebbe dovuto ospitarla. Ospitarci. Sono passati tre mesi, di solitudine e riflessione. La questione l'ho archiviata. L'ho accettata come inevitabile, addirittura giusta: se la sorte è stata così beffarda da scegliere una farsa per colpire un uomo come me, avrà avuto le sue ragioni. E le cugine sono solo comparse. La questione è tra me e la nostra storia. Le nostre scelte. Quell'accumulo di dolore che non ha mai fine. Ma adesso uscirò, la coda di Valentino è ormai un diapason, e io sono vivo. Il sole è velato di malinconia, il passato non può lasciarmi. Me lo tengo stretto.

8

Immortalata da Celentano, via Gluck è un'altra via mitologica di Milano. Però vola bassa, fedele alle sue origini: è un senso unico che nell'ultimo tratto si inverte, con due marciapiedi stretti e centocinquanta metri senza una vetrina. Solo muri, portoni, cancelli. È il pezzo di strada che facciamo Valentino e io per avviarci verso la Martesana. Un uomo e il suo cane, tutti i giorni, anche due volte al giorno. Una coppia affiatata, grigiamente serena. Se invece devo bermi un caffè o pranzare a prezzo fisso, tagliamo subito in via Zuretti, dove c'è il nostro bar, dal nome diretto e invitante: il Bar degli amici. Io non cerco amici, non saprei nemmeno come si fa. Fuori dal bar, ai tavolini, ci sono sempre, tutti insieme, o a rotazione: un anziano, un ragazzo sulla trentina e uno sui quaranta rasato di fresco, vestito giovane, con un'onda di profumo che lo avvolge come l'anello di Saturno. Quindi: un pensionato, un disoccupato mantenuto dai suoi, e uno che guadagna muovendosi nell'ombra. Sono le persone che frequento di più. Ma le vite degli altri mi sono indifferenti. Mi piace solo ritrovarli, scambiare quelle parole di benvenuto, che riguardano il più delle volte Valentino. Lo lascio fuori, mentre pranzo dentro, e lui sta lì, senza agitarsi, li riconosce e loro conoscono lui. C'è una fiducia diffusa. Per le persone sole che abitano uno stesso spazio, il cane è l'inquilino ideale. Non mette nulla in discussione, come un neonato, ma richiama e trattiene l'attenzione necessaria per non cedere al silenzio che scava, se gli dai corda.

Al Bar degli amici passo l'ora più tranquilla della giornata, sfogliando anche la Gazzetta. A mezzogiorno ho fame e la cucina per pochi, pur avendo solo armi povere, può permettersi di considerare la seduzione, il piacere di conquistare il palato di chi ha messo le gambe sotto il tavolo. Rivivo l'abbondanza spartana del primo cuoco Tony in Canova e i commenti da sano appetito. Apprezzo il farmi servire, dopo mesi in cui ho servito rigorosamente e quotidianamente, e scambiare una parola con un essere umano. Nel bar c'è il calore studiato del commerciante verso il cliente fisso, che non mi dispiace, anche perché dietro il banco c'è quasi sempre la figlia dei due gestori, una ragazza che avrà poco più di vent'anni. Corpo troppo abbondante per i miei gusti, un viso bello solo perché giovane, una risata finta e puntuale, che parte a comando: però mi fa bene la vicinanza di un animale femmina in età di riproduzione. Mi fa dire quelle quattro cazzate galanti che dimostra di apprezzare, anche se mi considererà innocuo, alla pari di Valentino con i suoi gatti. Eleonora e il dolore della perdita incombono su di me come la nuvoletta di Fantozzi. È come se li sentissi i loro pensieri, dietro le quinte di quell'attenzione troppo rapida, troppo gentile, per essere autentica. Io per loro sono uno zombie, un morto che viene a pranzo. E loro, per me, il rumore del mondo.

Adesso prendiamo la macchina, anche se il negozio è vicino, alle spalle della Martesana, perché il sacco da quindici chili di pappa buona per cani viziati pesa. Valentino mi guarda deluso, quando apro la portiera per farlo salire, io gli spiego che dobbiamo prendere la sua pappa preferita e ci vuole per forza la macchina.

— Allora, patatone! — e lui finalmente si sistema sul sedile dietro con la sua posa migliore, quella fiera dei leoni nelle statue, anzi più precisamente quella di Mufasa nel Re Leone, il film preferito di Eleonora. Credo che l'abbia visto almeno tre volte. Nella scena in cui Mufasa muore aveva gli occhi rossi, trattenendo a fatica il pianto. Siamo tutte e due dei leoni zodiacali, ma questo non c'entra con le sue lacrime. La perdita dei suoi genitori è il passaggio decisivo, tutto ruota intorno. Io compreso. Valentino mi guarda. Non voglio deluderlo. Non oggi, almeno.

— Salta giù dai! Niente macchina, oggi ginnastica...

Il suo non è il salto plastico del leone, quando atterra la zampa è poco prensile, ma la gioia è lampante. Più che negozio è un supermercato, quattro corsie dove si trovano cibo, strumenti e accessori che superano l'inutile. Dentro ci sono tre donne, io sono l'unico papà, e Valentino gira tra le corsie come un veterano. Il giovane che gestisce il negozio lo monitora con la coda dell'occhio, mentre al telefono con un fornitore alterna delle scuse e dei mi raccomando. Gli indico il saccone del Gastro Intestinal che mi interessa, lui fa segno ok, sempre camminando avanti e indietro e ribadendo al cellulare il già detto al fornitore. Io sollevo i quindici chili goffamente, li porto vicino alla cassa e li appoggio. Una signora sui sessant'anni chiama per nome Valentino, mi chiede: — Come andiamo? — io rispondo sempre uguale.

— Andiamo avanti.

— La signora è a casa a preparare la cena?— mi chiede ancora. Non sa nulla. Gli scambi amichevoli sulla Martesana sono facili e superficiali. L'argomento è pronto, zampetta felice davanti a te. I cani si annusano, si rincorrono e tu stai lì, con l'altra padrona, o padrone, a scambiare informazioni su di lui, come le mamme con il carrozzino al parco giochi. Tutti sono, siamo, sempre estremamente formali.

— Eleonora, purtroppo, è morta.

Lo dico lento, dividendo per tre la frase.

— Oh mamma! — esclama la signora, facendo un mezzo passo indietro. — Ma davvero?

— Un tumore, purtroppo — Ripeto i purtroppo, e non so perché.

— Ma quando?

— Due mesi fa. Era malata da aprile, abbiamo fatto la prima fase di chemio, sembrava... Poi invece tutto è precipitato.

— Dio santo! Mi dispiace. Ma lei si faccia coraggio.

— Ce lo facciamo a vicenda — e indico Valentino.

— Non siamo niente, su questa terra... — dice sconsolata.

— Niente, lo so.

— Ma la vita continua — aggiunge, guardandomi dritta negli occhi, come se volesse costringermi a considerarlo. Due frasi retoriche, potrebbero quasi annullarsi a vicenda, eppure mi piace come le pronuncia, mi fanno bene. È il tono, l'energia, che contano. Le parole sono intercambiabili. Pago il mio centone e aspetto il timbro sulla card che a una certa cifra spesa mi farà scattare lo sconto di cinque euro, sollevo il pacco sulla spalla, come un cadavere caduto sul campo e chiamo Valentino. Si fa pregare perché aspetta coccole dalla mano della signora che invece ci tiene aperta la porta, e ci accompagna con uno sguardo carico di compassione...

Devo fare sport. Correre, andare in bici, mi

devo muovere. Devo produrre adrenalina. La fatica, il sudare, sono momenti in cui il corpo rimane collegato alla testa. Si alimentano a vicenda. Voglio dire, anzi dirmi, che durante il lavoro fisico i muscoli, i tendini, le arterie, devono ricevere attenzioni, lavorano insieme alla testa, e sono la dinamo che regala elettricità al pensiero, che può spingerlo a prendere il volo, non a scavarsi una fossa in anticipo. Se c'è una cosa che ho sentito ripetere troppe volte in questi sette mesi in cui eravamo sospesi e sommersi, e volevamo invece sapere cosa fare e come agire, è il concetto che il tumore si sviluppa quando non c'è più dialogo tra testa e corpo. Non sono mai riuscito a centrarne il significato, il lato pratico. Ora mi sembra di sì, e dico: quando per troppo tempo non fai quello che desideri. Quando ingoi e resisti. Quando non riconosci il piacere in quello che mangi, non riconosci la bellezza in quello che hai di fronte. Quando ripeti sempre, e non improvvisi mai. Quando non sai perché lo fai. E sono tutti i miei quando, di adesso. Ad accendere il tumore di Nora sono state le rinunce: ai figli, alle ambizioni professionali, a Tarifa, agli amici. E il ritorno definitivo a Milano. Ci sono poi la medicina e l'ereditarietà. Tutto ciò che si impasta con la parola destino. E la sigaretta. Con un peso sulle spalle, che devo tenere bilanciato e sopportare, ho intuito il senso di questa appartenenza di pensiero e materia. Bilanciare: il peso quotidiano delle cose dalle quali non puoi esimerti. Sopportarlo, se è troppo. Ma farlo con l'entusiasmo di chi muove in una direzione, verso una meta. Ora devo solo portare a casa la razione mensile per il mio compagno di vita a quattro zampe ma la sua dorata sopravvivenza e la gratitudine della sua compagnia danno il senso.

Sudo, l'ascella si appiccica, inizio a sentire anche quella piccola brina di sudore che nasce all'attaccatura dei capelli sulla fronte, e anche un po' nella piccola calvizie, tipo papalina, che mi si è aperta dietro, in questi mesi. Il pensiero lacerante deve aver scavato per primo lì, dove batte il sole, o l'illuminazione.

L'anno scorso lessi un libro che mi regalò Nora. L'autore è francese, Sylvain Tesson, un tizio che ha fatto il giro del mondo in bici o che viaggia per centinaia di chilometri a piedi e intanto racconta il fuori e il dentro di sé. Lei non l'ha mai letto. Faceva così. Si fidava di qualche consiglio o breve recensione, ma sul comodino o in borsa l'aspettava sempre un altro libro, scritto da una donna, quindi usava me, come cavia. Diceva: — Bellissimo, questo a te piace.

Non mi deludeva mai. E io non deludevo lei. Sono diventato un lettore spietato, come se dovessi recuperare tutte le parole scritte che mi sono perso in venticinque anni di dispersione cosmica, e comica. Assorbo. Di questo libricino mi sono trattenuto alcuni passaggi, che ora sono riportati sul diario mancato di Nora. Mancato, sì, perché non avendo ritrovato quello della madre, cercato disperatamente, non era stata costretta, o stimolata, a scriverne uno suo. Voleva. Ma non basta.

Davanti a me cammina una figura femminile slanciata, sarà a dieci metri, la conosco, l'ho vista spesso al Bar degli amici, le volte che scendo a fare colazione, prima delle nove. Entra, prende un caffè lungo e una brioche vuota, passa alla cassa e compra un pacchetto di Winston One. L'ultima volta ha chiesto anche una scatola di cerini. Finiti, le ha detto la ragazza dietro il banco. Non li ordineranno perché non li chiede nessuno. Non hanno mercato. È un mondo Bic, il cerino non ha più motivo di esistere. Eppure lei ha chiesto i cerini. Non fiammiferi, troppo lunghi, ingombranti, rigidi. Cerini: flessibili, brevi, quasi profumati.

Chissà perché non usa l'accendino? Le piacerà il gesto, lo sfregare per fare fuoco, tenendo la testina rossa schiacciata: una fiamma che non sale immediata e dritta come quella di un accendino ma che fiorisce da un attrito. Da un contatto ruvido.

Una volta mi ha sorriso, per gentilezza, credo, perché la guardavo con insistenza, anche se non me ne accorgevo. Io ero incuriosito dai suoi occhiali e dal cercare di definire il suo volto senza. Ormai sono così stordito dalla solitudine che mi imbambolo come Valentino.

È proprio lei, sì. Devo rallentare perché così la supererei nel giro di pochi secondi. Le resto dietro, prendo la stessa velocità, un down beat, che all'Ocean Cafè era il ritmo dominante in consolle. Ha il fisico un po' da Eleonora, ma cammina diversa, più dinoccolata, meno solida. Ha pure gli occhiali, e a me piacciono le donne con gli occhiali. Sarà il fascino dell'imperfetto, oltre alla condivisione di un handicap. Al di là della solidarietà, le trovo misteriose. Camuffano i lineamenti. Sono con, e sono senza. Si spogliano delle lenti e cambia il loro sguardo. Per chi le osserva, appare sghembo, non centrato. Loro hanno invece due mondi a disposizione. Nessuno ha una miopia identica a un'altra. Le mancanze sono uniche e questa regala cose sfocate, da interpretare. La luce di un cerino al posto di una lampadina.

Non voglio superarla. Mi vergogno, mi riconoscerebbe, ma adesso ha risposto al cellulare e cammina troppo lenta. Sono così vicino che sento tutto, e Valentino si è messo di fianco, al mio passo, senza agitarsi. Mi scorta. È nella fase cane pastore.

— ...Sì, mi ha parlato di lei il mio capo, certo, aspettavo la sua chiamata. La casa è al quarto piano, nuovissima, box privato, tre locali arredati moderni, certo... La Stazione Centrale è a due passi, lo sapeva, e sì, no, ma è la parte di via Gluck più tranquilla, sì... Lo so, certo, ma i treni non li sente più dopo un paio di giorni... No, no... Vedrà... Il mercato, come no, tutti i mercoledì mattina, in via Zuretti, sotto casa... Ah, ho capito, ma mi creda, deve vederla... Altrimenti ne ho un'altra, sul Melchiorre Gioia, verso Piazza Greco... Sì, questo è il mio numero, certo, sono Nadia, Sampieri.... Va bene, quando vuole sono qui... Però le devo dire che le richieste sono molte, non le conviene aspettare troppo, ok... Sì, va bene, la saluto, sì... Salve, ok, di nuovo.

Nadia Sampieri lavora in un'immobiliare da queste parti e l'appartamento che affitta sembra nel mio condominio. Ormai sono quasi al suo fianco, il marciapiede è quello che è.

— Vaffanculo stronza! — esclama Nadia. Cazzo. Ha ragione. Ho sentito tutto. La tipa al telefono è la classica rompicoglioni che aspetta solo il particolare per dire no.

Valentino le compare davanti, lei scansa appena la traiettoria, butta l'occhio di lato, io dico un Salve affannato ma tonico, mi vede, fa una smorfia tra il curioso e il perplesso, sembra riconoscermi. E ripete.

— Salve!

— Cosa non si fa, per il proprio cane...

Dico la prima cosa che mi viene in mente.

— Danno più soddisfazioni degli uomini però.

Entrambi manteniamo il passo, lei avanti un metro da me. Sembra una comica. Infila la mano nella borsa nera rettangolare e sfila il pacchetto di Winston, la rimette e pesca i cerini. Per farlo, rallenta ma io non ho il coraggio di fermarmi con lei, ad aspettare il gesto sul quale ho fantasticato.

— Arrivederci — dico, come se fossi su una

rotaia e non sulle mie gambe.

— La saluto... Ciao cagnone.

Valentino si è fermato, la guarda da dietro la frangia, annusa la questione e non capisce perché io stia proseguendo. Eppure è semplice.

Sono timido. Vedovo. E sudatissimo.

Penso a questa ragazza. Mi ricorda la mia Stallona, anzi l'Eleonora di quella sera al Plastic. Tutta nera. Pantalone di pelle, stivaletti bassi idem, lisci con cerniera laterale. I capelli con i lampi rossicci, un po' arruffati. Però i panta di questa ragazza sono attillati, sono i cosiddetti leggings, con la maglietta lunga abbastanza da coprirle metà sedere e il monte di venere: mi piace chiamarlo così da quando si allontana dal mio orizzonte. Nora non li avrebbe mai portati questi leggings che ti disegnano come se fossi nuda.

Proseguo la mia falcata con peso sulle spalle, Valentino ora mi sta dietro, collego corpo e cervello per ripescare ancora la prima volta che l'ho baciata, un momento che non si presta a essere traviato né rimosso. Me lo ricordo esattamente com'è successo, non lo posso piegare alla convenienza della memoria, non si presta a mitologie o denigrazioni. È un momento intatto, scolpito. Un totem.

Eleonora aveva già consumato la polvere infame, nel suo viaggio di tre anni in Sudamerica, ma se non fosse stato per lei e con lei forse mi sarebbe successo in altra situazione. Il fatto è che c'era, l'eroina. Dove circolavano altre droghe e troppo tempo libero, finiva per apparire. Il mercato pompava il prodotto. Se vai a far la spesa, succede che ti fermi alla bancarella che vende qualcosa che non hai mai provato. E se le bancarelle sono tante vuol dire che di quel prodotto ce n'è tanto. E siccome non si coltiva in Val Padana, significa che lo si faceva entrare a ripetizione e grandi dosi. Il sistema ti spinge a desiderare. Se poi tu sei un pirla per lui è molto più semplice. Ho letto una volta su Facebook una frase che diceva così: "La gente vota chi offre una droga, non chi offre una cura".

Valentino si ferma per fare il suo bisogno. Io fermo il mio trans agonistico. Ma non posso prendere adesso il sacchettino per il recupero del suo wursterone brown.

— No Valentino, per favore, siamo arrivati a casina bella, c'è il tuo angolino al calduccio, forza, dai...

Gli appoggio un piede vicino alla coda per stimolare la ripartenza, lui asseconda e va.

9

A Bali si faceva all'aperto. Avevamo una stanza sull'acqua, come palafitta, ma figa, da ventesimo secolo, con il bagno, doccia e lavandino in mezzo al verde, sotto le piante. Cagare è sempre nuovo, quando lasci il tuo paese. La merda è cultura, e cambia con la latitudine. Ci trovavi sempre qualche stronzo vagante, tra le fresche frasche, ma Nora e io eravamo nel nostro loop, nell'onda anomala della roba e tutto ci scivolava addosso.

Trombavamo allegramente da un anno, da quella notte al Plastic. Nora era già venuta ad abitare in Canova, era aprile, e muore anche suo padre. Si è tolto la vita, disse solo. La verità intera dei fatti sarebbe arrivata, intanto restava chiusa nel suo riccio. Io sapevo, senza venire informato. Questo ha sempre voluto da me: che le risparmiassi la volgarità dei fatti. Nuovi soldi di eredità e prima che inizi l'estate Nora organizza il viaggio che farà di Bali, Indonesia, la nostra seconda casa. Sembrava ripetersi il film della morte di sua madre.

La sua amica Manuela, credo fosse anche l'unica, preoccupatissima, mi disse di accompagnarla, un'ora prima che me lo chiedesse Nora. Doveva scappare ancora, dal dolore, ma questa volta con me. Io decisi che fare il nullatenente che segue l'ereditiera non poteva essere il mio ruolo. Stavo in Canova, ci tenevo a non apparire uno scopino e aspettavo quello che doveva essere il mio primo viaggio in barca a vela, quell'estate.

Era convinta e triste, entusiasta e amara, quell'indistricabile mix che le apparterrà sempre.

— Marcello, devi venire con me... Ti amo, cazzo, non lo capisci?

Frasi così, dolcissime e imperative, e per non cedere dovetti rinunciare a tutto quello che desideravo davvero. Con lei mi sentivo senza paura e col cazzo sempre duro. Avrei potuto scoparla ininterrottamente, mi tirava solo a pronunciare il suo nome. Poteva solo chiamarsi amore.

Nora parte, io resto, perché devo fare questo giro in barca a vela. È la mia storia. Prometto che l'avrei raggiunta a fine viaggio, tanto le sue partenze non prevedevano biglietto di ritorno. Un giorno sì e uno no telefonava dai miei, io lasciavo Canova e mi facevo trovare alla cornetta. Mi chiedeva a che punto fossi con la storia della barca, mi raccontava della meraviglia del posto dove viveva, mi riempiva di tenerezza e desiderio. Io esplodevo, vivevo già sulle onde senza prendere il mare, e il mare infatti non lo presi: l'entusiasmo degli strapazzati dall'hashish si scontra con il lato pratico del mondo: la barca a vela non c'era più. Il tipo fece un giro di scuse e mi lasciò sulla terra ferma.

Nora mi scriveva anche lettere lunghissime, racconti pieni di dettagli. In una di queste mi spiegò come raggiungere un certo Mr. Johnson a Chiang Mai in Thailandia, quando avessi deciso di raggiungerla. Nella telefonata che seguì le raccontai del pacco della barca e lei scoppiò in una risata liberatoria.

— Con i soldi messi da parte per il viaggio in barca, Marcello, prendi gli aerei che ti dico e arriva qui. Qui, no problem.

Mi ritrovo sull'aereo della Garuda Airways, la compagnia indonesiana, diretto a Bangkok. Qui ne prendo un altro per Chiang Mai. Mi sistemo in un hotel della madonna, affitto un motorino, seguo le istruzioni per arrivare da Mr. Johnson. Una tappa obbligata del percorso organizzato da Nora.

Avrà avuto cinquant'anni, Mr. Johnson, troppo magro e abbronzatissimo, parlava un inglese troppo british, che non capivo, ma l'artiglieria che mi mostrò non aveva bisogno di presentazioni. Guardavo con stupore tutta l'esposizione di pistole e fucili, intanto me la facevo sotto. Quando mi fece vedere orgoglioso trofei e medaglie, mi rilassai. Era un campione di tiro, o così gli piaceva essere ricordato. Fini-

ta la scenografia mi porse le due once e mezza
di bianca Number four pattuite con Eleonora:
— Chinese white heroin. Best in the world!

Questo lo tradussi facile.

La impacchettai come dovevo, Mr. Johnson
mi fece delle raccomandazioni che capii a malapena, ma tanto avrei seguito quelle contenu-
te nella lettera di Nora.

La sera stessa prendo il treno, e non l'aereo,
per tornare a Bangkok. Il giorno dopo, shopping nel centro, per arrivare all'appuntamento
bello come un italiano in vacanza.

Nel bagno dell'aereo che mi porta a Bali mi
controllo allo specchio: camicia mezza mani-
ca di cotone bianco e fresco, pantalone stessa
stoffa e colore, una cravatta di seta a righe dia-
gonali rosse e nere, tipo quella dell'ispettore
Ginko: ero sicuro mi avrebbe portato fortuna.
Avevo immaginato mille volte quel momento,
con il mio pacco incandescente alla frontiera,
e quando il funzionario di turno dell'aeroporto di Bali, dopo un rapido controllo dei documenti mi saluta e mi augura buona vacanza, i
miei bpm salgono a 200, mi si abbassa anche
la vista, vedo confuso e mi metto a correre verso la porta che separa viaggiatori da accom-
pagnatori. Nora mi aveva già visto da dietro il
vetro ed entra anche lei correndo, inseguita da
un doganiere che le grida che è proibito, ma
lei mi raggiunse — Amore, sei tu! —, e io — Sì,
sono io! — , e ci scontriamo in un abbraccio
e in un bacio identico al primo, esattamente

83

come nelle commedie americane. Ma non è una commedia. Il poliziotto ansimante si ferma a due metri e domanda gentile: Honeymoon? Yes, risponde rapida Nora.

Solo quando siamo fuori, lasciata l'aria condizionata, davanti allo scooter che aveva affittato Nora, mi accorgo del vestito grigio lucido, corto, delle gambe lunghissime, della scollatura della schiena al limite, dell'abbronzatura dorata, del fiore bianco tra i capelli e l'orecchio, stile balinese, dei denti bianchissimi che sembrano fluorescenti, e negli occhi la più grande felicità che io abbia mai visto.

Non m'interessava il contenuto del pacco. Era un business di Nora e io volevo essere all'altezza. Ingenuamente non avevo capito, non avevo preso sul serio. Nora aveva un sacco di soldi e il business non era la sua prima intenzione. Volevo solo amarla. Così com'era, come sarebbe stato, come avrebbe voluto. Succede così.

10

È più facile condividere un vizio, più facile scivolare insieme verso il basso, che caricarsi della fatica di resistere e trascinare fuori l'altro. Ai tempi della roba le donne che si facevano venivano incastrate dal compagno tossico, era un classico: la crocerossina che cede, e si aggrappa allo stesso ramo spezzato del compagno. Sono stato invece io, maschio, a seguirla nel buio, e ci siamo infilati insieme, senza lottare. Sembrerebbe amore più grande quello di chi fa il salvagente, ma non era così, non è sempre così. Si ama, si segue, si crede che insieme sia un gioco, che nulla sia compromesso. Non c'è il sentore della disperazione, c'è solo un condividere, anche la schifezza, che poi era viaggio meraviglioso, subdolo, meschino. Una sigarettina, due, tre, e siamo stati a Bali due mesi e passa. Stavamo chiusi in stanza a farci e a trombare. È stata una scopata permanente, scandita e sospesa solo per il tempo della sigaretta farcita di eroina: non ci eravamo ancora fatti in vena. Entriamo dal professore per sapere l'esito degli esami, dopo la prima serie di tre chemio. Eleonora era meno pessimista del solito, se non altro perché aveva superato la prova. Aveva vomitato parecchio i primi quattro giorni dopo ogni iniezione, ma aveva sempre ripreso a mangiare. Diceva di aver appetito, di avere voglia di qualche piatto in particolare, anche se masticava troppo veloce, e quella voracità camuffava il fatto: non aveva fame. Era il pillolino dell'astronauta. Dopo la prima pietanza infatti non riusciva più a buttare in corpo niente. E beveva succo di mirtillo.

Sono entrato in quella stanza con i nervi ormai a pezzi. L'incontro con il professore per valutare l'esito della risonanza magnetica dopo le prime chemio era stato rimandato di due giorni per suoi impegni, e quelle quarantotto ore avevano scavato a gocce il mio sistema nervoso. Eleonora era più solida, nel ruolo di chi ha combattuto e lo sta facendo in prima persona. Io invece stavo come colui che tira i dadi e spera. Avevo sorretto tutto il nostro fare quotidiano, ma l'altro tutto succedeva dentro di lei senza che io potessi condizionare nulla. Le mie parole erano un sottofondo previsto e prevedibile alle sue orecchie. Io servivo, in tutti i sensi. Nora si appoggiava a me, ma era sola. Perché siamo soli, quando siamo malati. E una stampella non è una medicina. Veniamo invitati dal professore a sederci con un mezzo sorriso di benvenuto. Nora lo fa velocissima, io come un robot. Più mi imponevo di rilassarmi e più mi sembrava di cigolare. La paura era liquida.

— Bene. Cara Eleonora Vernetti sono molto soddisfatto. — Non riusciamo a pronunciare una sillaba, trafitti dall'immediato ottimismo. — Avremmo considerato già un buon successo se il carcinoma si fosse arrestato... Invece si è ridotto, e non di poco. — Sento una vampata che potrebbe somigliare alla felicità. — A occhio e croce di più di un terzo, un risultato eccezionale. Bravissimi! — Ci giriamo, ci guardiamo negli occhi al limite delle lacrime. Bravo, anch'io. — La strada è lunga, sia chiaro, ma non è sbagliato un po' di ottimismo. Il tumore subisce la cura, dobbiamo insistere.

Incalziamo il professore, cercando di rubargli una previsione, ma non conquisteremo nulla di più di quello contenuto in questa sua ultima frase.

Si programmano le date del secondo ciclo, Eleonora spiega le sue nausee, i vomiti, la stanchezza totale, lui la ragguaglia su qualche causa e su rimedi naturali. Alla fine usciamo con un nemico più abbordabile, per non dire debole. Un aggettivo che un carcinoma non meriterebbe mai.

Eleonora mi porta a mangiare un hamburger con patatine. È il suo modo per dimostrare coraggio, quasi spavalderia. A me non va giù un hamburger, la felicità non mi ha aperto lo stomaco. Prendo delle crocchette di patate e un dolce al cocco. Una birra piccola, in due. La guardo e mi dice cose dove esistono le parole "anno prossimo", e siamo a inizio settembre, e pronuncia il mio nome continuamente, come un intercalare, mentre mi spiega che prima di ricominciare la chemio vorrebbe fare tre giorni da qualche parte, un viaggetto solo noi due, come se non fossimo sempre stati, solo noi due... E insomma, era così...

Torniamo a casa e facciamo l'amore. Sarà l'ultima volta. Che stringo il suo corpo magro che così magro non era mai stato, stando attento a non fare troppa forza: le accarezzo le lunghe cosce, i polpacci e quei piedi agili, nervosi. Le passo le mani sulle spalle, sulla clavicola evidente, avvolgo i seni che nascondono il mostro e i capezzoli affamati come becchi dal nido. Volevo amarla tutta e le ho toccato ogni centimetro di pelle, l'ho colorata di carezze, prima di entrare dentro di lei. Ero delicato, eppure la desideravo come un animale. "Marcello... Marcello..." Io pronunciavo solo un continuo "Amore mio..."

Io amo i corpi magri e slanciati, non so più se sia un mio gusto o se da quando ho amato Nora mi piacciono le donne che hanno un corpo che le somiglia. Mi piacciono anche un po' più alte di me. Come lei. Due centimetri, che con i tacchi diventavano almeno cinque. Gli uomini subiscono questa differenza, questa concessione in altezza. A me invece fa sangue.

Mi sento più alto io.

Eleonora amava i libri di Tiziano Terzani e l'Orsigna, dove lo scrittore era andato a passare i suoi ultimi giorni. La casa dove nasceva La fine è il mio inizio, conversazione/intervista con il figlio, era diventata l'ipotetico paradiso di mia moglie. Terzani va a lasciarsi morire solitario, in faccia ai boschi, ai tramonti, al cielo ovunque. E così lei appena scoperto il tumore, oltre ad essere incazzata, non voleva saperne di nessuna cura e diceva di volersi rassegnare e godersi gli ultimi giorni nella "dimensione Terzani". Non poteva ripetere il calvario di sua madre, che aveva già vissuto da figlia. Passata la fase mistica e assoluta vinse l'istinto di sopravvivenza e iniziammo a inseguire speranze all'Istituto dei tumori. E a leggere storie personali e statistiche, che come le religioni si prestano a interpretazioni. Tu scegli di sperare, e i numeri positivi li fai lievitare. Il tumore ai polmoni è cattivo, ma quando incontrammo questa donna che era stata operata ed era salva, fino al prossimo controllo semestrale, Eleonora si convinse in questa lotta, manifestando la sua parte amazzone. Quanto ci ho ragionato, quando era ormai fatta, in quegli ultimi giorni, quando ebbe inizio la fine. Lo so, era giusto provarci, non ci si può rassegnare. Ma illudersi? È giusto aggiungere dolore a quello già sopportato?

La cura ci ha spappolato i nervi, consumato in un'attesa permanente che diventa apatia emotiva, anzi no, l'emotività esisteva e resisteva, ma solo agli strati più scuri. Sette mesi esatti infilati in un cunicolo, dove le poche luci che si accendevano erano lucciole e non segnali dall'uscita. Sono stato costretto a chiedermi se non fosse stato più bello, luminoso, poetico, anche, lasciare al corpo di Eleonora il suo tempo, quello dello spegnersi senza torture. Il dolore lancinante sarebbe comunque arrivato, uguale, quel dolore che solo la morfina poteva, e ha potuto, tenere a bada. Ma evitando speranze puntualmente seppellite. Nulla fa più male della distruzione di una speranza totale, come quella che separa il vivere dal morire.

È stata una danza macabra. Della quale trattengo solo quella notte d'amore carica di gioia e abbandono, che senza la chemio non avremmo vissuta. Per i sopravvissuti quello che resta è immortale.

Non abbiamo avuto l'energia per cercare, organizzare e partire, quella volta. E facciamo la prima delle tre chemioterapie della seconda ondata. Dico "facciamo" perché io la facevo con lei, forse stavo più male di lei. Ma il giorno dopo Nora sente troppo dolore sotto il polmone, non riesce più a mangiare e a riposare bene. Antidolorifici in aumento. Alle soglie della quinta, la numero due del secondo ciclo, gli esami del sangue dicono che non potrebbe reggerla fisicamente. Non si può fare. Non si potrà più fare.

A quella massa che l'ha uccisa ci penso come a un nemico felino. Era diminuito di un terzo il suo volume perché era impreparato. Stava lì, lievitava sereno, si nutriva divorando con i suoi tempi. Quando le truppe della chemio sono arrivate lo hanno trovato distratto, salottiero. E il fattore sorpresa ha vinto la battaglia. Una parte delle cellule è stata uccisa, o si è ritirata. Nel tempo che è passato tra la prima e la seconda si è riorganizzato. Provocato, attaccato, è diventato più aggressivo. La tigre sonnacchiosa, invitata a combattere, si è inferocita. E ha dato la zampata improvvisa, nella fase calma, durante l'intervallo.

11

L'ago è comparso nelle pause milanesi. Anche qui la questione era pratica. Fossimo stati ultramiliardari credo avremmo continuato a Bali, per anni, a fumarla, fino a consumarci come il cerino. Ma la roba in città faceva più schifo, significa che sballava meno e costava cinque volte di più. Noi stavamo cominciando a vedere la fine del conto corrente ereditato da una disgrazia per alimentarne un'altra e l'eroina in vena, anziché fumata, raddoppiava l'effetto: ne bastava meno per viaggiare uguale.

Gli ultimi tre mesi della nostra storia da eroinomani furono racimolati. O meglio. Finiti i soldi dell'eredità cominciammo a venderla, a smazzarla, per dirla giusta. I fattoni della zona ci chiamavano Ipunk.

— Oh, andiamo a prenderla da Ipunk...

Eravamo semplicemente vestiti di nero da cima a fondo, pallidi, sempre in bilico sulla crisi di astinenza. Ce la dava un tizio chiamato Manina, l'eroina da smazzare. Aveva una specie di poliomelite alle mani, tipo moncherino di carne. Era il pusher di riferimento. Il sodalizio con Manina però scoppiò presto: cominciammo a incassare dalla vendita meno di quello che dovevamo a lui, fornitore. La maggior parte della sostanza ce la sparavamo noi. Una mattina venne con due armadi d'uomo e un camion, entrò nella casa dove abitavamo, proprietà dei genitori morti di Nora, tutta marmi e soffitti alti, una versione ancora più vintage della casa in Canova, e portò via i mobili della sala. Noi guardavamo la scena, scoppiati. Qualcuno di quei mobili avevamo già cominciato a piazzarlo. Nora aveva metodo, linguaggio, decisione.

Il pezzo migliore lo vendemmo a un antiquario, che alcuni amici avevano contattato per noi. Era interessato a un cassettone barocco. Quando entrò in casa, chiese dove fosse e ci si fermò davanti, senza preamboli, presentazioni, pantomime: lo guardò ovunque, avesse avuto il buco del culo gli avrebbe guardato anche quello. Ciondolava la testa senza entusiasmo come se il mobile fosse buono per un falò, e io pensavo già che non ci saremmo fatti e per questo sentivo freddissimo anche se era giugno. Improvvisamente disse: — Vi do dieci milioni subito e me lo porto via.

In mezz'ora avevamo l'assegno in mano e il mobile era fuori dalla porta. Non ne valeva più di quindici, secondo Nora. Gli piaceva troppo il cassettone, e quel movimento della testa era una forma di godimento contemplativo e non un sottile disprezzo. Ha sparato una cifra non esagerata ma alta abbastanza da far sbavare due conciati male come noi. Per fortuna quando era passato Manina con le sue guardie del corpo, il cassettone non c'era più. Anche se quei dieci pali durarono quattro giorni al massimo.

Le prime cose a sparire erano state le più agili, trasportabili, come i libri d'arte di suo padre, le sterline antiche, le pellicce di sua madre, tutti articoli dai quali Nora riusciva sempre a ricavare il massimo. Si documentava, sapeva il valore, lasciava il giusto margine. Quando la casa fu vuota guardammo i rubinetti del bagno, ma non eravamo in grado nemmeno di smontarli.

Andare a rubare era l'opzione più immediata, ma richiedeva un'azione fisica e violenta, oltre all'umiliazione del gesto e la volgarità del dirlo. Non era nelle corde di Nora. La truffa, era l'unica via: più elegante e strategica, e già sperimentata nel suo viaggio di tre anni dispersi in Sudamerica. Così, a Bombay, tirammo sù un po' di grana con i traveler's cheques. Non c'erano carte di credito e quelli erano la garanzia. Anche per noi. Compravamo, ne spendevamo solo un decimo, denunciavamo il furto, ci venivano rimborsati. Allo sportello cambiavamo i primi con rischio, oppure più sicuri al mercato nero, ma pagati la metà. Avevamo un conto corrente in Svizzera che faceva la differenza, sulla fiducia bancaria. Tutto funzionò fino a quando mi telefonarono dalla City Bank. Aspettavo il rimborso di un'ultima denuncia di furto, erano 1.200 dollari.

— Signor Minniti, buongiorno! I suoi soldi sono pronti, quando vuole l'aspettiamo ai nostri sportelli... Sentii un'ironia velenosa, dietro troppa gentilezza. Quei soldi li ho lasciati lì.

Mi appare oggi tutto tragicamente buffo. Normale, un eroinomane è tragicamente buffo. E falso oltre qualunque immaginazione e ritegno. La protezione del proprio sballo, del limbo conquistato dalla pera, è tutto. Non esiste altra dimensione reale. Il mondo è solo un luogo al quale succhiare il necessario a rifugiarsi fuori dal mondo.

A un certo punto doveva per forza finire. Dovrebbe succedere quando raggiungi un livello estremo di abbruttimento e dolore, quando dici "Dobbiamo smettere!" e ci metti la forza di volontà e la consapevolezza: così dovrebbe funzionare il lieto fine delle storie d'eroina. Nel nostro caso però non c'è stata nessuna consapevolezza: noi ci saremmo fatti ancora, dopo quei tre fatidici anni, ma finirono i soldi. E dopo quelli ci fu terra bruciata intorno. Dovevamo scappare, e non solo da noi stessi.

Tutto esplose per il debito con l'ultimo fornitore, un delinquente di Corvetto. Eravamo indietro di trenta pali, milioni di lire. A colpi da 50, 100 mila lire che mancavano a ogni passaggio. Ci diede l'ultimatum, noi promettemmo che avremmo venduto la casa e il giorno dopo eravamo seduti nell'ufficio del CAD, Centro Anti Droga, in Piazza Ferravilla, dove fino a qualche anno prima si andava a comprare il fumo. Ci salvò anche il pudore estremo, il rispetto spirituale di Nora per il proprio corpo. La prostituzione, per una come lei, equivaleva al suicidio. Non so cosa avrei detto, se lei avesse scelto di vendersi per riuscire a bucarci ancora, entrambi. Non posso nemmeno dirlo adesso, che la cosa mi fa orrore. Perché in quei momenti l'unica cosa che ti fa orrore è non poter acquistare la tua dose, che nel nostro caso, per arrivare a una pera da almeno un grammo, erano parecchie bustine.

Eravamo stati tossici viziatissimi, che avevano bruciato tutte le tappe grazie al denaro sonante ereditato, e così, come abbiamo raggiunto quantità elevatissime e frequenti in poco tempo, in meno ancora abbiamo abbandonato l'inferno. Nelle nostra condizione, chiunque rapinava negozi, strappava borsette o catenine, rubava motorini. Le donne, tutte, si prostituivano, spesso con il loro pusher. Noi ci presentammo al CAD a chiedere aiuto. Un tizio vestito alla Che Guevara, con tanto di basco, faccia da ex tossico, ci fece un po' di domande e noi raccontammo, senza però arrivare al pusher di Corvetto che voleva sgozzarci. Quindi chiamò un assistente sociale. L'unica comunità possibile per noi era Saman, ci disse, le altre erano tutte gestite da preti, a parte

San Patrignano, ma anche lì avremmo resistito mezz'ora. Presero un appuntamento per noi
il giorno dopo.

Saman aveva appena aperto un ufficio in via
Plinio. Ci accolse il guru, Cardella, con il suo
barbone e gli occhi profondi: ne avesse avuto
uno solo e triangolare sulla fronte l'avremmo
scambiato per Dio, per come eravamo messi.
Spazzò via tutte le nostre manfrine, quell'insieme di scuse, di rimandare, sviare, nascondere, tipico del tossico, con tre domande, che
nel suo caso erano anche affermazioni. Sapeva
già, mirava giusto. Eri costretto a svelarti. Of-
frirti, direi. E senza aver più nulla da offrire,
credevi.

Cominciare con un Day House, dalle 08.00
alle 18.00. Domani.

— Ma a fare cosa?

— Domani lo saprete.

Ci misero a pulire un palazzone, una sola
pausa, a pranzo. Lavoro da impresa di puli-
zie. Però c'era un omino piccolo e stagno, con
i baffetti, che ti obbligava al silenzio, senza fumare, e ti incitava a guardarti dentro, mentre
ramazzavi un pavimento infinito. Erano lavori
ripetitivi, facili, e dovevano stimolare la liber-
tà della testa che poteva impegnarsi solo nel
riflettere. Riflettersi. Un primo passo verso
quella che sarebbe la meditazione. Una fatica sovrumana, per la nostra testa da tossici in
astinenza, nervosissimi, senza neanche potersi attaccare alla sigaretta. La sera si rientrava

a casa con la paura che arrivasse il delinquente a riscuotere. E ancora oggi non so perché, ma non lo rivedemmo più.

La scimmietta la tenevamo a bada con gli psicofarmaci. Tangesil era il migliore, una pastiglietta sublinguale a base di Morfa – come chiamavamo amichevolmente la morfina – che noi però ci sparavamo in vena. Per starci dentro. Si dice adesso per qualunque cazzata, "per starci dentro", allora era frase da tossicomane avanzato.

12

— Siamo stati fuori tanto oggi, Valentino, lo so che hai famona, tato... — Io me la sto facendo addosso, ma devo prima aprire il sacco perché il cane aspetta con una specie d'ansia, lo vedo dal girare automatico intorno alla ciotola, come animale in gabbia allo zoo: ha una fame da lupo, anche se ha il cuore da cerbiatto. Abbiamo entrambi un'urgenza, così taglio veloce il bordo del sacco, pesco due grandi manciate e gli riempio la ciotola, mollo tutto e saltello sulle punte verso il bagno e quel pirla mi segue, crede che voglia giocare, o che stia andando a prendere qualcosa per lui, invece mi lancio verso la tazza senza avvicinare la porta a soffietto. Slaccio rapido i bottoni dei jeans, che dopo i cinquant'anni bisognerebbe mettere solo cerniere, e finalmente piscio... Bello... Lungo... Sì... Valentino mi osserva dalla soglia del bagno, ha il senso del pudore, mi guarda come se lo avesse scoperto adesso, che gli uomini pisciano e possono farlo per un tempo che a lui deve apparire infinito. Quando finalmente arrivo alle ultime gocce e scrollo, lui gira la testa e va in cucina, dove lo aspetta il suo cibo raffinato. Io esco e accendo il PC. Ormai è la mia postazione, culo sul divano, schermata piccola sul tavolino basso davanti, televisore sulla parete di fronte, in alto.

Sono i miei due amici.

Sulla wall Fb di Nora c'è un vecchio messaggio della figlia di Rostagno. Lo rileggo, ora che sto ritrovando immagini di quei due anni passati nella creatura di suo padre. Lei e Nora erano molto amiche. Nora ha fatto molto per Saman, e ricevuto anche. Nella comunità in Sicilia ci siamo andati dopo un mese di Day House. Non potevamo fare il partime, la sera chiuderci in casa ad aspettare un possibile boia e intanto tritare Tangesil. E Trapani suonava più vacanza di Milano.

I terapisti a Saman erano quasi tutti arancioni Bhagwan, seguaci di Osho. La tecnica di disintossicazione che ci accolse ancora tossici nella testa era il Push. Una sillaba in meno: passavamo dal pusher al push. Spingere, spingere, fino a stressare, stressare fino a far esplodere. Quella è la catarsi. Rinascere dal caos.

Gli appena arrivati, divisi in gruppi, andavano alle stanze, il luogo di iniziazione. Si ramazzava, come succedeva nel partime milanese. Ma qui tutto era esagerato dal push. Semplici imperativi e separazione dei momenti. Lavori, sempre in silenzio, perché devi ascoltarti dentro. Ti fermi, sempre in silenzio perché devi ascoltarti dentro, ma puoi fumare una sigaretta. Ricominci a lavorare. Per superare il silenzio obbligatorio potevi cantare. Cantare era concesso. Lucio Battisti era il più gettonato, le bionde trecce gli occhi azzurri e poi erano la mia colonna sonora quando avevo una scopa o uno straccio in mano. Le prime volte non mi feci domande logiche, volevo arrivare in fondo, non sapevo a cosa, ma comunque in fondo a qualcosa, e il perché una canzone fosse paragonata al silenzio non me lo chiesi. Magari qualcuno degli arancioni l'aveva anche spiegato, ma se è vero che eseguivo tutti le azioni obbligate, durante le elaborazioni di senso tornavo distratto.

Parlare significa avere un interlocutore, scambiare parole, e quindi perdere la concentrazione su se stessi. Con la canzone resti solo, non ti ascolta né può risponderti. Poi Saman significa "canzone", e non potevano vietarsi. In questi anni ho scoperto che molte persone che hanno problemi di balbuzie, pure feroce, appena si mettono a cantare la perdono, la loro voce si fa fluida. È cosa strana e magnifica, come i magnifici sette cantati dai Clash. Avrà spiegazioni scientifiche ma la magia resta. E spiega Saman più di ogni analisi logica. Il canto è prima. Come il pianto.

E cazzo, eccolo, lo penso e mi viene, questo magone, inesorabile, come quelle erbacce ai bordi dei marciapiedi davanti alle quali si ferma Valentino, puntando le zampe davanti. Le rispetta o le teme, perché non le annusa, le osserva e basta. Deve sentire una contraddizione che lo incanta.

Ho resistito sei mesi prima di scoppiare. Sono stato bravo. C'era chi dopo pochi giorni o settimane abbandonava. Alla prima esplosione mi ci portò un tedesco, che era al comando delle stanze. Mi faceva pulire il pavimento, quindi mi diceva di prendere tutte le scarpe, da ogni stanza, e metterle in fila a coppia, nel vialetto. Intanto lui, seduto, sigaretta fissa in mano, continuava: — Dai, veloce. Pulisci bene, muoviti. Dai dai più veloce....

Io pulivo e rimettevo al loro posto tutte le scarpe. Lui si alzava, prendeva il secchio e smerdava di nuovo tutto. Io ricominciavo. Oppure. Smontava tutta la cucina, ogni pezzo, e me la faceva lustrare, fino al bullone con la carta vetrata. Quando sono esploso l'ho distrutta a pugni quella cucina. Insieme a quelle che ho sul volto porto anche questi tre centimetri di cicatrice sulla mano che mi ricordano la mia prima catarsi mancata. E non potevo mollare perché Nora era radicata e serena, e noi potevamo solo stare insieme. O almeno, vicinissimi.

Mi alternarono le stanze con la cucina serale, punizione per chi faceva il pirla di giorno. Il boss di turno non faceva un cazzo, mi guardava solo mentre lavavo pentole per quaranta persone. In più non mi vestivo di bianco, come era giusto e normale, ma indossavo solo abiti neri, trattenevo il colore di quel punk che poco tempo prima smazzava in piazza le bustine di roba da 0,150 grammi, sempre un po' scarsi. Non ero candido, nemmeno disposto a fingerlo. Non ero pronto. Non riuscivo proprio a vestirmi di bianco. Mi sarei sentito nudo, sporco, malato, strano, diverso, sbagliato, non so, questi gli aggettivi che mi vengono random. Sarà stato anche il rigetto per la pulizia farmaceutica con la quale mia madre ha circondato la mia infanzia e la mia adolescenza. L'immagine che ho di lei è in piedi sulla scala, perché la sedia non bastava, mentre sgrassa sopra la dispensa della cucina, dove Nora e io pulivamo giusto quando si imbiancava. Mia madre pulisce tutti i giorni. Nemmeno la soddisfazione di vedere passare dallo sporco al pulito, il cambiamento che dimostri il suo sforzo. Ma la sua è ossessione e libidine non si cura del senso o dell'immagine. Si fa anche da sé i prodotti: per i vetri per esempio mette ammoniaca, acqua e alcool alle giuste proporzioni e fa splendere.

Io invece vivo con un cane e credo nell'anticorpo.

Nora ha fatto poche stanze a Saman, è passata presto in lavanderia, posto da comodi. Le è sempre piaciuto stirare, era la sua meditazione perfetta. Far quadrare, rendere piano, maneggiare il pulito e in silenzio. Se non ho mai imparato, la colpa o il merito è suo. Non le avrei mai sottratto un piacere. In quel periodo era chiamata cuore di pietra. Per me che avevo il suo tenero cuore in mano era una bestialità, ma Nora era effettivamente chiusa, sarcastica, spietata nel giudizio, anche se fatto solo di sguardi e di gesti, perché le parole erano vietate, quando si stava insieme agli altri. Io e lei ce le scambiavamo come merce preziosa nella nostra camera. Ma quel cuore di pietra in comunità non era permesso, e così le diedero un cane da accudire. Un cagnolino che era stato stirato da una macchina appena fuori dalla comunità. Era conciato male, ma vivo. Come noi quando siamo entrati a Saman. Lei doveva cambiargli i pannolini, dargli da mangiare, riportarlo a vivere. Funzionò, prova ne sia che abbiamo avuto un cane per vent'anni. Prima di Valentino c'era Travel, razza identica. Le più grosse lacrime che ricordo, quando morì.

Nora fece presto a conquistare la fiducia degli arancioni e soprattutto quella del boss, Francesco Cardella, che preferiva le donne, sia come presenza fisica che intellettuale. La colta vocazione di Nora per la parola e il denaro la fecero insediare rapidamente nelle altre stanze, quelle del potere. Si occupava di tutti i contatti, elaborò un programma per la gestione dei fondi. Era a tutti gli effetti una manager. E già al secondo anno della nostra permanenza diventò indispensabile. Fu lei a cavalcare l'onda per conto di Saman, quando ci fu la legge Craxi sulla droga: viaggiava avanti e indietro tra Roma, Napoli e Milano, guadagnava 3.000.000 di lire al mese. Volava, saliva, mentre io restavo ancorato al fondo: ma stavamo insieme, sempre e comunque, nella nostra camera matrimoniale.

Dopo quasi un anno lasciai stanze e cucina e passai finalmente in falegnameria. Un uomo che a me pareva anziano mi faceva intagliare i calendari perpetui. Brutti e inutili. Mi correggeva in continuazione. Faceva parte anche questo del push, solo che io mi presentai dopo qualche giorno alle alte sfere, dove ormai stazionava anche Nora, chiedendo tutto gentile di non andarci più, in falegnameria. Il giorno dopo fui accontentato: ancora stanze. Era così. Forse era giusto così.

La terra coltivata era un'altra destinazione, e mi piaceva più di tutto. Sono riuscito solo da veterano ad andarci. La campagna delle fave, quella delle olive, piantare, zappare... La terra è bassa, ma eri libero di muoverti. E l'aria profumava da stordirti, ubriacarti, sensazione che oramai non ricordavo più, nemmeno lontanamente.

— Perché scappi Valentino? Cosa succede, piccolo?

Esco sul terrazzino, da dove è fuggito, a controllare. Il telone a gazebo tanto voluto da Nora si è rotto prima di Natale, sfondato dal vento. È accasciato in un angolo e non ho voglia di portarlo via. I cuscini color panna delle due sdraio sono macchiati da profili marroni, come sezioni di un tronco d'albero, dopo essersi inzuppate dall'inverno: il tutto abbandonato appena le speranze avevano abbandonato noi.

Mi affaccio nel punto che mi indica Valentino con il muso, senza avvicinarsi alla ringhiera. Percepisco un lontano vociare di bambini che giocano. Il mio cane ha paura di due cose, tra quelle improbabili: le biciclette e i bambini che urlano. La bicicletta deve apparirgli misteriosa al pari degli steli di erbacce che crescono dall'asfalto. La leggerezza e la velocità di un essere umano senza motore lo spiazzano. Valentino è abituato ai lunghi silenzi della nostra casa, come lo era a quelli della spiaggia sull'oceano. Dei bambini sente l'aggressività, l'imprevedibilità, un'energia compressa e inesauribile: sono come i gatti, ma con la forma degli esseri umani. L'incomprensione del creato lo spaventa. Ma è strano che abbia paura dal suo balcone, Valentino al riparo diventa coraggioso.

Ho provato già a spiegargli che blablabla e i bambini sono così e le biciclette sono facili e non deve avere paura ma lui mi ha sempre guardato con quell'espressione che assorbe il suono delle parole, anche la dolcezza, ma non sa cosa stia dicendo, non lo riguarda: la sua paura c'è, non si spiega, né si risolve con l'analista. Le paure animali sono le uniche necessarie, preziose. Se ha paura di quelle due situazioni è perché ha informazioni genetiche

che io non ho.

Due scoppi. Tonfi brevi, nervosi, lontani. Ecco cos'è: il terrore degli spari. È carnevale. E quelle sono una coppia di micette, tipo candelotti di dinamite in miniatura, come quelle che infilavamo nelle fessure dei citofoni degli anni Settanta. Si schiacciava il cognome di un inquilino a caso. Si accendeva il centimetro di miccia. Pronto... Chi è? Botto.

Per smettere di aver paura, a Saman, più che guardarsi dentro funzionava l'esercizio psicofisico guidato, ma liberatorio, detto Dinamica. Anche perché non c'era molto altro da fare, a parte cantare. E trombare: si faceva alla grande, a ripetizione, dando sostanza alla frase fatta che vuole gli uomini come conigli se non c'è la televisione in casa. Aggiungiamo PC, iPhone, Tablet, ma la sostanza non cambia. A Saman c'era una tensione sessuale eccezionale. E il pane quotidiano comprendeva i preservativi, come fossero pacchetti di cicche. Aprivi una porta e vedevi qualcuno che stava scopando. Anche tre alla volta. Cultura fricchettona, alla base del pensiero Saman.

Io arrivai a un punto in cui tradii spesso Nora. E lei non sapeva. Credo... Anche io le credevo quando mi diceva che non mi aveva mai tradito. Eppure chiamarlo tradimento non si può. Era un'attività fisica, faceva parte dello sfogo, del riempire il tempo, del contatto necessario, perché non potevi solo cantare e così la pelle sostituiva le parole. Più scopi più vuoi scopare, come uno sportivo che ha bisogno della dopamina, che se smette di fare movimento si deprime. Esagerai nel periodo in cui facevo la Sveglia. Mi ero già sorbito mesi e mesi di stanze e i capi avevano deciso che fossi cambiato. Alle 4.30 di mattina veniva a svegliarmi un angelo della notte, uno dei quattro piantoni notturni, che dormiva di giorno e godeva di ogni privilegio, che a Saman significava sigarette a volontà, colazioni abbondanti e varie, le chiavi di qualunque porta. Mi portava la colazione con caffè biscotti pane e marmellate a letto. Quindi partivo io, per andare a svegliare tutti gli altri e portarli a fare Dinamica. Chi non si faceva trovare, o faceva estrema resistenza, niente sigarette per un po', e la sera pulizia della cucina. Mi ricordo una ragazza che non riusciva mai ad alzarsi, e che insieme a un angelo portammo nella sala dove si faceva Dinamica con tutto il materasso. Qualcuna la coprivo io, dicendo al boss che non stava bene e che per quella mattina restava a letto. Il ruolo mi dava qualche piccolo potere. E la possibilità di infilarmi nel letto caldo delle ragazze appena sveglie, che mi accoglievano senza resistenze, o mi invitavano senza proferir parola. Era molto più facile così, rinascere, in serenità.

Ora facevo io lo stallone, e la stallona la manager. Io il manager non avrei mai potuto. Nora era di più, sempre e comunque.

Sveglia alle 4.45, pronti per la meditazione

dinamica alle 5.30.

Prima fase, respirazione forzata. Piegarsi e alzarsi, sulle ginocchia, come una pompa, per quindici minuti, fino a quando il fiato ti arriva al cervello, da dove dovrebbe anche uscire.

Seconda fase. Piedi ancorati a terra, senza muoverli, come radici. Il resto del corpo è libero ma deve sfogarsi. Nel movimento e nel dire. Sventoli, urli, vibri, ti distendi. Senza freni. Dopo pochi minuti, senti che tutto è aperto, non esistono pudori ed esplodono i pianti: dai singhiozzi alle convulsioni. Io ho pianto due volte, Nora mai. E poi risate di ogni dimensione. Era tra le cose fondamentali a Saman, ridere. Anche la sera quando ci si ritrovava con il gruppo musicale e si ballava, ci si teneva le mani, ci si guardava negli occhi, si seguiva il testo della canzone di Dalla Balla balla ballerino, rigorosamente muti, solo con i movimenti, si finiva sempre per sganasciarsi, un'epidemia di risate. In questa seconda fase della Dinamica volavano anche dei lunghi Aiutoooo!, dei ruggiti, c'era pure chi abbaiava... Uscivano tutte le vite precedenti, si diceva. Io facevo sempre il lupo, mi fa stare bene, mi carica. Una coppia di siciliani ormai scoppiata, perché lei aveva cominciato a trombare con ogni uomo disponibile tranne me, non era il mio tipo, si urlava addosso: lui "Troiaaa" a squarciagola. Lei rispondeva: "Cornutoneeee".

Un gong violento separava le cinque azioni.

Terza. La più temuta. Braccia aperte a ricevere dal cielo, come una coppa. Saltare e atterrare sui talloni, nudi. Sempre quindici, i minuti. Un dolore bastardo, che sembra che ti si spezzano le gambe. Sempre lo stesso motivo: per spingere fuori, tutte le tensioni, nevrosi, negatività, tutto lo schifo accumulato. La terra colpita ti rimanda la vibrazione che monta, sale il tuo corpo ed esce dalla testa. A ogni salto urlando "Bo!" oppure "Po!", ognuno usava la consonante che gli veniva.

Quarta. Musica paradisiaca, quella che chiamavamo New Age. Sdraiati. Ti lasci andare, come ti sciogliessi, respirando... A quel punto sei stanco, soddisfatto, perché hai buttato fuori lo schifo, certo, ma soprattutto perché anche per quella mattina era andata. Fine della sfacchinata.

L'ultima fase era un flauto dolce come sottofondo. Il ringraziamento. Ballavi a occhi chiusi, muovevi i fianchi, come con l'hula hop, braccia libere, e intanto si faceva giorno. Che ti accoglieva sfinito e leggero, come dopo un'orgia. Un'orgia spirituale.

13

Ci fu l'omicidio di Rostagno. E noi sapevamo che erano stati gli artigli della mafia. La mafia puzzava di Stato e le leggende servivano a sviare le indagini. Il copione italiano si ripete ostinato. La vendetta per gelosie interne, a noi che eravamo interni e vivevamo l'andazzo fricchettone di Saman, ci appariva la più ridicola e triste insieme. Che fosse stato ucciso dagli ex di Lotta Continua per non farlo parlare sull'omicidio Calabresi era infame, perché si era speso spudoratamente per difendere i tre compagni Sofri, Bompressi, Pietrostefani. Noi, a Saman, lo vedevamo pochissimo, stazionava negli studi televisivi dove faceva una trasmissione quotidiana, rigorosamente in diretta, controinformazione pesante. Qui era la sua condanna. Ma Saman, per noi, continuava com'era. Solo che i movimenti di denaro avvelenarono lentamente. I corsi di formazione, interni alla struttura, per il reinserimento degli ex-tossicodipendenti erano sovvenzionati dal

Ministero della Salute, ma quello che avveniva era una mezza pantomima. Negli ultimi mesi da operatore, li ho tenuti anche io questi corsi audiovisivi, dove si diceva e vedeva quello che si sapeva e si viveva ogni giorno.

Nora gestiva le richieste di denaro. Emetteva le fatture delle rette che le Ussl dovevano pagare ai ricoverati in comunità. Come una clinica qualsiasi. Il tizio è stato trenta giorni in comunità, la retta è tot... Lei però si occupava solo delle richieste di denaro. L'incasso, lo faceva un'altra. Il furbone Francesco aveva diviso a pezzetti il movimento. Nessuno poteva incrociare i dati. E approfittarne in qualche modo. Eleonora conosceva molto più di quello che mi disse. E io non avevo interesse per gli intrighi oltre la mia orbita. Ma Saman stava avviandosi a esplodere. Questo sapevo, in modo volutamente vago. Nora lasciò la comunità con l'approvazione di Cardella, perché era giusto e giunto il tempo. Ma fu una cosa lunga e sofferta, perché la figura di Francesco era per lei paterna, potrei direi, ma anche di più. L'amore ha diverse forme, e io mi ostino a pensare che fosse enorme e spirituale, quello per il suo guru. Nora lasciò un buon numero di persone addestrate a muoversi nelle sue stanze e si portò intera una valigia di segreti. Io me andai lasciando solo qualche veniale rimpianto.

Lasciammo Saman anche perché eravamo finalmente convinti che la roba fosse uno schifo che non ci riguardava più. E perché un amico di buona famiglia che era in comunità con noi ci raccomandò per due posti di lavoro. Oltre alla paga da manager di Nora, gli ultimi mesi a Saman ero stipendiato anche io, come operatore. Senza un posto di lavoro non avremmo potuto affrontare il ritorno. Nora fu assunta in una prestigiosa galleria d'arte a Milano. Io nello studio di una piccola casa di produzione. All'inizio a tirare cavi, manovalanza pura.

A Saman dobbiamo la vita e oggi, da lontano, non ho paura di affermare che la psicologia di un eroinomane possa essere distrutta, o scardinata, solo consumando tutte le sue viscide difese, la sua incapacità di sopportare lo scandire del tempo. Tutto quello che ho vissuto a Saman non può essere giudicato, se non da chi ci è stato da tossico all'ultimo stadio, come eravamo Nora e io.

Moltissimi sono fuggiti prima, con loro non ha funzionato, ma con noi sì. Il tossico è insuperabile ad attaccarsi anche a un briciolo di pietà, per questo gli vanno tolte tutte le possibilità. Costringerlo a seppellire qualsiasi polemica, rivalsa, giustificazione. Quello che eri quando sei entrato, va rasato al suolo. Se riesci a rinascere, è da un punto precedente, antico e nuovo.

Io mi vedo: davanti all'antiquario che sembra disprezzare il nostro cassettone, che traducevo all'istante in numero esatto di bustine di roba, con un freddo interiore che poteva somigliare a quello della morte imminente. Poi cambio inquadratura agli ultimi mesi a Saman: giovane, magrissimo e tonico, talmente sano da sentirmi invincibile, senza alcun additivo in corpo e nella testa, se non le sigarette, bene prezioso, come in guerra o in galera, e Saman le comprendeva entrambi. E vedo Nora, il giorno che è entrata nella galleria d'arte, una figa spaziale, forte e fragilissima. Per noi era come essere sbarcati su un nuovo pianeta, erano già gli anni Novanta, stavamo ancora insieme, e per la prima volta con l'intenzione di vivere la vita di tutti. Conoscevamo solo quelli che erano stati con noi a Saman, o quelli che ci avevano suggerito quelli che erano stati con noi a Saman. Tra i sopravvissuti Tony, trasferitosi presto a Pantelleria, dove oggi ha un negozio di alimentari che gli dà soddisfazione. Anche lui, parallelamente a me si era fatto le pere per anni, a conferma che se non ci fosse stata Nora forse ci sarebbe stata ugualmente la mia storia... Inutile chiederselo. La nostra vita balbuziente aveva imparato a cantare.

Valentino si avvicina alla porta. Vuole uscire. La sua passeggiata serale per digerire la consuma nel pianerottolo. Lo spazio è poco ma lui sale un po' le scale, le scende, si accuccia: gli piace stare lì, quando non sa più cosa fare in casa. Io mi prendo una birretta, e guardo nel frigo. È il primo giorno che non mi preoccupo dal mattino di sapere cosa mangerò per cena. Pensarci quando hai appetito è più sano. Somigliare di più al mio cane, sarebbe una conquista. Io sono solo, ma sono rimasto concentrato sulla programmazione dei pasti, come quando c'era Nora.

C'è una scatola enorme di sgombro sott'olio, prodotto di Tarifa, che aveva comprato Nora e mai aperto. Tanto scade tra due anni. Le era stato presentato come una prelibatezza, a trancetti lunghi. Uno sgombro enorme che attraversava tranquillo la stretto di Gibilterra. Faccio un sorso di birra e intanto guardo il mio cagnone accovacciato tra il divano e il tavolino, nella sua posizione, dove sa ci saranno le mie gambe: non posso nemmeno immaginare che Valentino non ci sia. Birra e pisciata, automatico. Mi scappa ancora.

Davanti allo specchio del bagno mi guardo le cicatrici che ho sulla faccia. Ormai sembrano rughe. Invecchiare ha i suoi vantaggi, le ferite diventano esperienza e smettono di farti male. Anche a guardarle. Quella più lunga sopra il sopracciglio destro, cinque centimetri quasi orizzontali, sembra appartenere al pentagramma di rughe che ho sulla fronte. Eleonora non ne aveva, a viso disteso, sereno. Solo le occhiaie potevano insultarle il volto. La seconda cicatrice è quella che mi ha fatto penare di più. Ha sanguinato, ha continuato a sanguinare. Due centimetri che tagliano in verticale il profilo del labbro superiore, come il segno dei giorni già passati in galera. Perché il militare non l'ho fatto. La terza sulla fronte è uguale a quella di Nora, stesso incidente, ma i capelli le mimetizzano. Sulla guancia quella più cattiva. Un segno di tre centimetri che si inerpica scomposto fin quasi all'occhio sinistro. È la più fine, ma è la cicatrice con la quale ho un rapporto quotidiano. L'unica che può essere riconosciuta, a parlarmi a quattrocchi, che con me son sempre sei. È quella che racconta di più la mia storia. Che non ha eroismi. Ma discese ardite e risalite. Io vorrei non vorrei ma se vuoi era un'altra canzone che a Saman si cantava e stonava di brutto, perché ha una melodia mica tanto facile. In quel titolo, il mio rapporto con Nora.

Da quel day after di capodanno Nora e io avevamo fatto coppia fissa. Era passata una settimana, si era ancora tra le feste. Ed era esplosa la moda delle bollicine. Il 1982 lanciava la Milano da bere, il rampantismo: era figo il Berlucchi, lo sballo disimpegnato, stralunato, aristocratico. A casa dei genitori di Nora vennero a trovarci degli amici con una boccia di Berlucchi, appunto, e una l'avevamo presa anche noi. Il vino più la bollicina insieme davano alla testa velocemente, a noi abituati a fumare. Lo sballo dell'alcool lo sentivamo più violento, prima di incontrare la polvere cattiva, la più disperata di tutti. Una birra, un gin tonic al Plastic, beverone lungo, poco altro, ad accompagnare la canna, sballo più pacato e visionario. Interiore, mi viene da chiamarlo adesso. La bottiglia finì, Nora e io salutammo gli amici e allegri uscimmo anche noi per andare al cinema a vedere I predatori dell'arca perduta. Ci portammo l'altro Berlucchi dentro la sala, nella sua borsa. Il film e la mezza bottiglia che sorseggiammo in platea pomparono l'avventura da predatori e perdemmo la nostra arca. Guidava lei, toccammo il fondo delle boccia passandocela come una canna, io feci un urlo banzai e gettai la bottiglia fuori dal finestrino, verso un albero, cercando di colpirlo. Lo mancai, ma Nora si voltò a guardare il lancio. Dopo la sua faccia non vidi più nulla.

Un frontale con il tram 33. Dica trentatrè. No, non lo dico. Le due rotule frantumate e dieci punti sulla fronte per Nora, il malleolo per me. Lei fu ricoverata. Io non fui ingessato perché era troppo gonfio, mi mandarono a casa e dissero di tornare il giorno dopo. Nora mi diede le chiavi dell'appartamento, perché non potevo andare in Canova in quelle condizioni. Non potevo appoggiare il piede. Ero ancora mezzo ubriaco. Presi un taxi. Saltai con una gamba sola fino al portone, entrai, non c'era l'ascensore, dovevo arrivare al terzo piano. Provai ancora con il salto, ma dopo cinque scalini mi sdraiai, avanzando con i gomiti come un marines. Ma sentendomi un verme. Una settimana insieme, e avevamo già un ricordo inciso. E Nora i primi sensi di colpa che non riguardavano solo sua madre, morta tre anni prima, ma anche me.

Le ferite che ormai sono rughe mi sono state

regalate cinque anni più tardi, quando eravamo immersi nella tossicodipendenza, con una scimmia urlatrice nella pancia. Un altro frontale. Guidava sempre lei. Notte. Sono entrato nel parabrezza con la faccia. Nessuna frattura, solo tagli. Ricordo rosso sangue, sempre sangue, macchie, striature, cotone inzuppato, garze, e ancora sangue...

Quando mi sono svegliato, dopo il Big Bang, ero come dopo un'operazione di chirurgia plastica totale, con il protagonista che si guarda nello specchio e scopre solo una testa bendata. Durante le prima medicazione vidi finalmente la pelle viva. Uno zampone. Una cosa gonfia, viola, con cuciture ovunque. Non avevamo tempo ed energia per elaborare il disastro, il trauma, le conseguenze. La prima cosa da fare era avvisare della nostra scimmia. Più devastante di tutte le ferite visibili a occhio nudo. Più dolorosa di tutti i dolori post traumatici. Nora chiese immediatamente del metadone. Fecero storie per darlo anche a lei, ma quando voleva qualcosa era difficile, forse impossibile resisterle. Tempo due giorni, di informare la cerchia, e arrivò anche la roba in ospedale. C'è una solidarietà che si cementa nella stessa disperazione e nell'opportunismo spudorato. L'eroinomane è un don Abbondio elevato all'ennesima potenza. E il pusher che non si fa, lo disprezza e lo tiene al guinzaglio. Quando puoi, o potrai pagarla in qualche modo, l'ero arriva. Oppure è lì ad aspettarti quando hai deciso che vuoi provare a smettere. Per quello eravamo a Pantelleria ospiti di Tony da un paio di settimane, Nora e io: per provarci. E non ci facevamo da dieci giorni. Lì, in mezzo al Mediterraneo, non potevi trovarla. Non c'era. Solo che in una stupida rissa, della quale ho rimosso i motivi, mi rompo un braccio e per curarmi devo tornare a Milano, al Gaetano Pini. Due letti dopo il mio c'è un vecchio amico di Nora, anche lui tossico da far schifo. Si era rotto due polsi volando dalla moto. La prima cosa che mi dice. — Allora, Marcè, come sei messo? Io esco domani, e ho una bianca che fa paura... Dai, domani torno a trovarti e te ne porto un tirino... — Ero ancora una merda e dissi "va bene".

La mattina lui venne dimesso e dopo un'ora era di nuovo nella stanza. Feci quel tirino, dopo dieci giorni di pulizia. Ero strafatto, da subito. La testa mi cadeva di fianco, la ritiravo sù, e ancora, e meno male che non avevo uno specchio per guardarmi, come invece mi vedevano mia madre, mio padre e mia sorella, davanti a me, venuti a trovarmi, solidali del mio tentativo di smettere. Sapevano tutto, ero già stato anche in galera. Che umiliazione, ripensarci. Mi aumenta il battito cardiaco a palla, se mi immedesimo nella testa e nella pancia dei miei, provo il loro dolore, sordo e infuocato.

So che è tornata. Dopo vent'anni l'ho rivista altre due volte, l'eroina, nella stessa giornata. A Milano. Nel volto di un ragazzo magro davanti a un videogioco, al Bar degli amici. Poi in quello di una coppia di trentenni sulla panchina vicino alla statua di Montanelli al parco di Porta Venezia, dove porto Valentino quando voglio vederlo felice, che un po' rende felice anche me. È stato un misero piacere riconoscere qualcosa che gli altri ignorano. Leggere tutto quello che passava nella testa di quel ragazzo al videopoker, che non inseriva nessuna moneta, guardava lo schermo senza giocare, fingendo di armeggiare, per sviare gli sguardi, perché stava bene lì, senza dare giustificazioni. E in quei due, che smanettavano l'iPhone, come chiunque, come tutti, ormai, sguardo fisso su qualche display, perché il mondo reale non ha abbastanza contatti e visibilità per competere con l'ovunque della rete. Loro però viaggiavano all'interno, erano beatamente implosi, non avevano nessun interesse per quell'ovunque, era solo una posizione scelta e nascosta.

Non si spiega quello che si prova dopo una pera d'eroina. All'unica che me lo ha chiesto, mia nipote di sedici anni, ho risposto dicendo che non c'è nulla di buono e di bello, ma è solo una fissazione tipica della droga. Una risposta vaga e politicamente corretta, degna di uno zio rinsavito, che non spiega la follia dell'essere tossici. Avessi avuto un po' di spudorato e crudele coraggio le avrei fatto ascoltare Heroin dei Velvet Underground. Me l'ha tradotta Nora ed è l'unica poesia che ricordo a memoria, insieme al "Si sta come d'autunno sugli alberi le foglie" e Atlantide di De Gregori.

Infilare un ago nella mia vena/ Poi ti dico che le cose non sono affatto le stesse/ Quando mi affretto nella mia corsa/ E mi sento come il figlio di Gesù/ E credo di non conoscere niente... Non potete aiutarmi, certo non voi, ragazzi/ Né voi, ragazze dolci con le vostre parole dolci/ Potete andare tutti a farvi un giro... Eroina, è mia moglie e la mia vita/ Perché un ago nella mia vena/ Porta al centro della mia testa/ E sto meglio che se fossi morto... Perché quando la roba comincia a scorrere/ Allora non mi importa proprio più di nulla/ Quando l'eroina è nel mio sangue/ E quel sangue è nella mia testa/ Ringrazio Dio, sto bene come un morto/ Ringrazio il tuo Dio che non sono cosciente/ Ringrazio Dio che non m'importa...

Non credo che quei ragazzi sapessero che non basta mai. Perché non ti senti mai un tossico. Non ti reputi mai un tossico. La convinzione di chi lo è potrebbe essere usata come didascalia dell'eroinomane: "Smetto quando voglio. Adesso mi faccio perché mi piace".

Noi eravamo partiti come eroinomani signori, quelli con il grano, e questa convinzione era ancora più solida. Ci volle la terra bruciata che ho già detto, per farci decidere di chiedere aiuto. Quell'incidente che ci ha lasciato sopravvissuti e segnati per sempre, io anche nel volto, lei soprattutto nello spirito scavato dalla colpa, non fu abbastanza. Dovemmo aspettare

ancora, prima di arrivare al punto di non ritorno. Quando non potevamo più permetterci
una sola bustina di bianca, o brown, nel peg-
giore dei casi. Ma solo debiti. Pericolosissimi.
La casa dei suoi genitori no, quella non si poteva, Nora non cedeva.

Resistemmo due anni in comunità perché
fuori non avevamo nulla. Il nostro unico merito, atto di coraggio, dipendeva dall'avere il
nulla oltre Saman. Chi mollava prima, anche
dopo sei mesi di comunità, tornava a farsi.
Chi provava la strada del metadone guidato,
la diminuzione ragionata delle dosi, non aveva scampo. A Saman niente strade alternative. Sei scoppiato? Lavora pesante e vedrai che
stanotte dormi. Cinque su dieci, è la media
dei morti della mia generazione. La metà per
AIDS. Peggio che il Vietnam per gli americani.
Nora aveva un senso dell'igiene quasi mania-
cale. Anche da strafatti non mollava mai la sua
regola di pulizia totale. Attenzione morbosa.
Spada sempre nuova. Rapporti protetti. So
che senza di lei avrei ceduto a comportamenti
più free, non avrei saputo essere così radicale.
E avrei pagato. Le devo la vita. Le dedico quella che mi resta.

Lo sgombro è sublime. Non potevo crederlo.
Sgombra i cattivi pensieri.

La nostalgia di Nora era grande. Dalla morte di sua madre ogni giorno aumentava il distacco. Nel suo caso il tempo non alleviava,
ogni distacco era un trauma. Forse anche per

questo non ci siamo mai lasciati. Io non l'avrei mai fatto e non ho nemmeno spiegazioni ma solo una certezza, probabilmente l'unica che ho stretto. Lei perché non avrebbe potuto sopportare un altro abbandono. Usciti da Saman veniva a mancarle anche Francesco, il suo guru occidentale, l'uomo al quale si era aggrappata e al quale aveva offerto il meglio delle sue capacità, senza cedimenti, oltre la legge, anche se con disinvoltura, per noi allenati alla sopravvivenza. Io non l'ho mai conosciuta Ada, sua madre. Solo attraverso i racconti, scarni, di Nora, e le foto, poche, appese vicino allo specchio della camera studio. Tumore ai polmoni, stessa età, ma anche operazione al cervello, dove il cancro si era espanso, che l'aveva lasciata gli ultimi mesi in uno stato lobotomico. Per quattro anni Ada ha lottato con il tumore ed Eleonora era una ragazzina di quindici quando ha cominciato a convivere col mostro che aveva invaso la madre. Spiegato bene, perché i genitori erano entrambi medici, la madre pediatra e scolastica, il padre generico. Anche per questo, forse, non avevano preso infermieri per assisterla. L'ultimo anno si alternavano al letto di Ada, in stato irreversibile ma ostinatamente tenuta in vita, il padre, Nora e una sorella della madre. Solo in quel periodo, quando la madre aveva smesso di lottare, Nora si era resa conto di quello che era successo. Aveva sempre detto No. Qualsiasi cosa le chiedessero, volessero da lei, Eleonora diceva solo No. Quando invece era lei a volere, era solo un pretendere: si chiudeva in camera fino a vincere. Era viziata? Sì. E in seguito viziosa, eppure così pudica. Tutti quei No erano il seme della sua radicata tristezza. Del suo senso di colpa.

Appena saputa la diagnosi del tumore, Nora si era continuamente specchiata nelle immagini della memoria, di fronte a sua madre devastata dalla chemio e tenuta viva da morta. Non voleva quello. Ma noi dovevamo provarci...

La madre Ada scriveva su un piccolo diario, pensieri, il padre diceva anche poesie, ma nessuno ha mai trovato quelle pagine. Un'altra mancanza feroce per Nora. Che aveva la letteratura nel sangue.

Il padre l'ho visto due volte. La prima dopo il frontale con il tram 33. Viveva a Firenze ed era corso a Milano. Era un uomo buono. Era stato anche sindaco di una cittadina della Brianza, dove avevano una villetta.

Nora era figlia unica, e ha sempre cercato l'amica che potesse sostituire una sorella. Nei tre anni a Milano, Oriana e Manuela, le compagne con le quali ballava la sua nuova passione, il flamenco, erano sempre nella sua testa. Ogni azione, che non fosse compresa nelle ore in galleria d'arte, o nei nostri riti casalinghi, comprendeva loro. Io? Io sono Marcello, il compagno di una vita, l'unico rimasto. Non sono una sorella, e nemmeno sono mai stato un fratello. L'ho amata sempre con desiderio.

Anche in quei mesi maledetti, in cui non restarono che coccole sospese. Si è suicidato con il gas, quell'uomo buono. Dopo quattro anni dalla morte di Ada. Nora diceva che non era stato quello. Sosteneva che la causa fosse nella sua irrequietezza, nella sua perenne insoddisfazione. E mentre lo raccontava, io la vedevo la stessa irrequietezza e la stessa insoddisfazione dentro di lei. Era uno che si stancava presto di tutto, diceva Nora, che doveva fare mille cose: sciava, andava in barca, gommone, tutti gli sport erano suoi. Avevano anche due piccole case, una al mare e una a Cortina, per non farsi mancare nessun passatempo stagionale. Io però non capivo come questo potesse sfociare per forza in un suicidio e adesso vago, esploro pensieri mai nemmeno sfiorati e arrivo a credere che lei non volesse collegarmi a suo padre, per evitare che io prendessi spunto e suggestione da quel suicidio. Come se lei sapesse, si aspettasse, la stessa fine di sua madre. Dicendo che il padre aveva quel difetto d'origine caratteriale mi tagliava fuori dal gesto, visto che come il padre ero e sono buono, diceva Nora. La sua teoria si reggeva quindi su un fatto: non arrendersi e non imparare a godere di quello che si ha e si fa, può portare al suicidio. La mia, oggi, si ferma a un'analisi ancora più elementare: la solitudine e la mancanza d'amore stancano, svuotano la vita fino a renderla prima inutile, poi troppo dolorosa. La situazione che mi appartiene

e che temeva Nora. Vorrei rassicurarla. Dirle
che per me non prevedo alcun suicidio, perché
la memoria è già il mio futuro, ma non posso
mentirle. Io al suicidio ci penso. Tutte le notti
prima di addormentarmi. Non al gesto in sé,
ma alla stanchezza atroce dello stare senza di
lei. Si preoccupava per me, un atto d'amore
che mi fa piangere. E lo sto facendo. Non mi
vede nemmeno Valentino, che si è accasciato,
in quella posa con le zampe sotto il muso che
sembra pensare come un uomo, a qualcosa di
lontano e perduto per sempre. Non c'è stata
volta che Nora si sia confrontata con i carat-
teri dei suoi genitori, su quello che doveva per
forza appartenerle, per normale trasmissione
genetica, ed educativa. "In questo somiglio a
mia madre, questo l'ho preso da mio padre..."
Mai. Non lo faceva perché in fondo a qualunque analisi restava un punto, un blocco del
terrore: una morte per malattia lacerante e
precoce, e un suicidio, altrettanto lacerante e
precoce. Io non ho mai fatto quello che vuole
parlare, tirar fuori le cose, elaborare, analiz-
zare, pregio e difetto molto femminile. I suoi
silenzi per me erano pieni di tutto. Nora sentiva il peso della morte nelle sue forme peggiori. I soldi dell'eredità sembrava avesse voluto
usarli per andarsene il più dolce possibile. E
io l'avevo seguita. L'ho continuata a seguire.
Vorrei continuare a farlo. Quando la nostalgia
di Nora aveva il picco, si partiva.

14

Prima di iniziare la nuova vita milanese post Saman, Nora desiderava fare una vacanza. Scegliemmo un posto vicino, Tellaro. Girava voce fosse bellissimo e riservato. Si arriva salendo da Lerici e costeggiando la punta sud della Liguria, il mare dei milanesi, dopo l'Idroscalo. Ci si ritrova alla fine della strada in una piazza grande come un campo da basket, e per scendere al mare si prende una stradina tra le mura fino a un'insenatura di roccia, minuscolo porto. Una di queste mura conteneva la nostra casetta di trenta metri quadri in affitto, con una sola finestra a strapiombo sul mare. Cento abitanti. Un avamposto carico di energia malinconica. Resa ancora più insinuante dall'odore pungente di salsedine di quel mare in inverno, quel film in bianco e nero visto alla TV. I brani del repertorio Saman mi perseguitano e mi irridono: il passato è come il sogno, decide lui cosa mettere in scena e con quale colonna sonora.

Ci passammo tre mesi, a Tellaro. Era la preparazione alla normalità, anche se non siamo mai stati pronti per la normalità e per Milano, dove non abbiamo fatto altro che resistere. Non facevamo nulla, non erano tempi da cellulare, del sempre in contatto, e così la nostra meditazione continuava. Camminavamo. Consumavamo un libro dietro l'altro.

Nora fumava parecchie sigarette, pranzavamo in piccole trattorie. Una a Lerici si chiamava Golfo dei poeti, e fu lì che le scrissi una specie di poesia. Aveva come protagonista il gamberone appoggiato sul suo piatto di linguine. Rosso, solo, addormentato, aspettava la sua bella, partita per un lungo viaggio. Non avevo avuto il coraggio di scrivere che fosse morta, cioè, l'avevo scritto sull'onda ispiratrice, ma poi ho preso un altro tovagliolo di carta e l'ho riscritta. Lei tornava e il gamberone arrapato iniziava a camminare in avanti. Nora rise amaro. Come faceva lei. Rideva per non deluderti, ma non sapeva eludere l'amarezza. La bottiglia di Vermentino ligure ci portò rapidamente a casa.

In quel periodo cambiai gli occhiali. Non vedevo più una madonna con quelli che avevo ormai da sette, otto anni. Sono gli stessi che ho ancora adesso. Che sono smerigliati, credo si dica così. Lo vedo bene sotto la luce della lampada sul mio comodino. I bordi della lente sono appannati dal consumo. Ho sempre portato questi stile antico, lenti piccole e montatura finissima, un po' Geppetto, un po' orologiaio, ma solo perché voglio che siano anonimi, assenti, non devono monopolizzare la mia faccia. Le montature enormi che fanno moda intellettuale, nere alla Wim Wender, li provai, spinto da Nora. Quando mi guardai allo specchio, vidi un altro. Li tolsi subito, come se scottassero. Nora si offese, dicendo che non apprezzavo le sue idee, che non la ascoltavo mai. Tornava la bambina viziata. Nel rispondere le avevo usato un tono più perentorio, invitandola a lasciarmi fare quello che preferivo: era bastato a farle scattare il senso di colpa.

— Sì, va bene, scusa, hai ragione, non capisco mai le esigenze degli altri, scusa, cazzo...

— Ma no, Nora, cosa c'entra...

L'estate scorsa, dopo la prima chemio successe con un paio di scarponcini neri che mi aveva chiesto di provare, per cambiarmi, ogni tanto, perché portavo sempre quella specie di mocassini vecchi e fuori moda. Era vero, ma delle scarpe in quel periodo non me ne fregava un cazzo. Volevo solo una suola da indossare prima di uscire. Questi scarponcini avevano una cerniera laterale, e la cosa mi respingeva già in partenza. Ma li avevo indossati, ero anche andato davanti allo specchio basso, quello che ti traduce in due polpacci e due piedi, e avevo ascoltato i suoi entusiasmi, pieni di superlativi, che solitamente centellinava.

— Nora, davvero, non mi piacciono.

— Ma perché? Ma stai benissimo, sono moderni, Marcello...

Aveva insistito tanto da costringermi al tono usato per liberarmi degli occhiali di Wim Wenders, ma questa volta era tutto di più, e si era messa a singhiozzare, dentro il negozio.

— Io ti castro, lo so, ti ho sempre castrato... Ti ho costretto a fare sempre quello che volevo, ora ti costringo anche a questa vita di merda, che sono malata...

Per farla smettere avrei fatto qualunque cosa. Ma lei era inconsolabile. In macchina, dopo un suo lunghissimo silenzio, io ero esausto. Vivevo uno stress che non mi concedeva lucidità, alcuna strategia. Quasi supplicando mi uscirono le parole che la calmarono.

— Nora, io ti amo. Non voglio altro che continuare a farlo. Anche se non voglio quelle scarpe.

Le sue scarpe di flamenco, le uniche alle quali era tornata a concedere sei centimetri di tacco, le avevamo comprate in Spagna, così come il vestito. Durante uno dei viaggi in moto estivi, non ricordo se fosse Cadice o Siviglia, siamo entrati in un negozio che vendeva solo scarpe adatte al ballo. Ne comprò due paia. Che provò facendo suonare sul pavimento del negozio, in un passo veloce, i chiodini sulla punta e sul tacco. Come fossero strumenti.

Era altissima con quelle scarpe. E quel vestito rosso e nero, merletti e rasi. Che gnocca! mi dicevo ogni volta. Lo provava in casa, passando minuti lunghissimi a guardarsi allo specchio. Con quel rossetto acceso, gli occhi illuminati dall'ombretto e i capelli tirati lucidi. Sul palco, durante i pochi spettacoli che fecero, con le inseparabili Oriana e Manuela, era imponente, forse troppo nordica ed elegante per un ballo ritmico e sanguigno come il flamenco, tanto che sembrava avere uno stile solo suo. Una sensualità trattenuta, pronta a esplodere, ma fuori scena.

Il ballo fu il motore, o il collante, quello che la trattenne senza troppo soffrire a Milano. Il lavoro aveva qualche pausa di troppo, per una come lei, ma era o si faceva vedere soddisfatta, nel ruolo di assistente della padrona della galleria d'arte, per la quale faceva tutto, come era nelle sue corde. come a Saman. Contabilità, segreteria, gestione e accoglienza durante i vernissage. Era un posto bellissimo, con grandi saloni, soffitti a volta affrescati, lo affittavano come show room o per sfilate di moda. Nora sembrava vivere in quell'ambiente da sempre. Andavo a trovarla ogni tanto la mattina, prima di andare in casa di produzione, e tutto era così prezioso da sentirlo lontano, diverso. Lei invece era a suo agio ovunque. Dall'alto in basso. Fosse stata un amico, lo avrei invidiato.

Diventò esperta di arte moderna. Mi fece vedere le opere di pittori famosi chiuse in cassaforte. Ricordo solo un disegno di Picasso, uno dei suoi scarabocchi sublimi. Lo toccai rapidissimo, come la piccola Alice fece con Valen-

131

tino, Nora rise e lo accarezzò con enfasi. Aveva la cieca fiducia della signora. Riceveva sempre cieca fiducia, Nora. E la mia le superava tutte. Quella tranquillità era però legata al poter ballare, al vedere quasi tutti i giorni le sue due sorelle, era quello che dava luce al resto. La polvere dell'ottimismo. La sua nuova droga.

Manuela era di Madrid, ballava il flamenco da sempre e cercava di aprire una scuola a Milano quando la conoscemmo alle Colonne di San Lorenzo, fuori dal Pois, insieme all'Oriana. I nostri luoghi in quei primi anni Novanta erano nella zona intorno a piazza Vetra, dove Milano dava il meglio di sé, prima di venire circondata da un'inferriata. Si fumava nel pratone, si smazzava, certo, si elargivano coca e anfetamine, più presentabili del disfacimento diretto dell'eroinomane, in via d'estinzione. Lo Yar, il Pois, appunto, le Coquetel, nessun nome italiano, e questo appariva un valore aggiunto. Anche in musica gli italiani venivano poco considerati. Ascoltavo Atlantide quasi di nascosto.

Spopolava l'Acid Jazz, io ne ero invaghito. Compravo CD, non masterizzavo ancora, e così facevo cassette audio miste da mettere in macchina e da regalare ai nuovi amici, quelli che conquistammo in queste mete serali. Oriana fu la prima. Lei e Nora si agganciarono subito, si amarono, posso dirlo senza alcuna gelosia. E così fu anche con Manuela. Nora, appena seppe che l'amica aveva l'ambizione di aprire una scuola di flamenco, manifestò nuovamente il suo talento, e l'aiutò nell'impresa. Noi non smettevamo però di viaggiare, quella era l'ambizione a breve termine. In quei tre anni comprai un Yamaha XT 600 e per due estati girammo Spagna, Portogallo e Marocco. Facemmo anche un giro a Pantelleria a trovare Tony, ma era il passato che non ci dava più energie. E cercavamo un'altra lingua, quando superavamo il confine. Si lavorava con il sogno di andarsene appena ci fosse qualche giorno di ferie messo in fila.

Io intanto da sguattero ero passato ad assistente montaggio. Fu un caso: se ne andò il mio predecessore e restavo io, che lo avevo aiutato e ora masticavo l'argomento. Facevo RVM, seguivo le partite con TelePiù, lavoravo parecchio, sabato e domenica, senza orari, ma ero convinto che avremmo potuto farcela.

La nostra storia con l'eroina si provava a tenerla lontano. Era una cosa dalla quale dovevamo sempre difenderci. Si prestava al pregiudizio. O alla compassione. Anche l'orgoglio di esserne usciti non eliminava il fatto di esserci stati dentro fino al collo. Anzi, fino al labbro inferiore. Era come se mi togliesse slancio. Quella pompa che avevo dentro a vent'anni, che era parte della mia personalità, che anche a Saman aveva ripreso a crescere, a manifestarsi, non riusciva a essere. Ero timido. O meglio, mi sentivo più timido di quello che fossi.

Avremmo voluto proteggere la nostra storia, e invece continuava a esalare il suo respiro affannato, a lasciare tracce impossibili da negare. Con le persone conosciute si poteva tamponare, ma con i momenti che si portavano dentro i luoghi di Milano del periodo nero non si poteva dialogare. Erano invisibili macigni. Forse avremmo tenuto duro, se non fosse arrivata una nuova perdita a spingerci alla fuga. A scatenarla fu sempre Nora, che quando non ce la faceva più doveva scappare. Somigliava a suo padre. Io ho saputo temporeggiare, assecondare, non l'ho mai spinta da nessuna parte, era lei a decidere e io ero sempre già pronto, in fondo. Oggi penso che in quel caso il mio disagio raggiunse il livello, anche se silenzioso, e Nora venne investita dalla mia frequenza fuori onda. Che esasperò il fatto scatenante. Non sapeva di essere sieropositiva, Manuela. Non aveva mai preso in mano un ago. Era stato un rapporto. Lo scoprì poche settimane prima di morire. La malattia esplose e fu rapidissima. Un incubo, per Nora. Era persa. Mi guardava con il magone, un magone che chiedeva Perché? Perché? Nessuna ha saputo o forse nessuno lo ha detto a me, sul quando Manuela avrebbe potuto essere contagiata, ma sembra che il virus dell'HIV fosse presente e addormentato da dieci anni.

Stasera non leggo. Mi distrae. Un sogno, quello sì. Se Nora vuole, mi trova.

15

Le nove e mezza. Cazzo, ho dormito nove ore. Erano anni, che non mi succedeva. Senza svegliarmi di notte, e senza dover pisciare. Ma non ricordo un solo sogno. Oggi faccio il minestrone. Sì, mi viene così, come quando eravamo a letto, appena svegli, e decidevamo cosa cucinare a mezzogiorno. Ho le patate, le zucchine, le carote, pure i piselli, un gambo di sedano, se non si è ammosciato troppo, e ci metto dentro un bel riso.

Suona il citofono. Valentino corre, abbaia alla porta, non ha ancora capito che il citofono suona giù. Non aspetto nessuno. Mi mette un po' d'ansia.

— Pronto!

— Buongiorno, abbiamo una rivista da farle vedere, che può aiutare la sua famiglia, e riempirla d'amore...

— Non ho famiglia, guardi, purtroppo vivo solo, la ringrazio...

— Non sarà più solo, la rivista l'aiuterà.

135

— No, grazie, non mi interessa.

— Non rinunci a trovare un amore che le darà la gioia di vivere.

— Non mi serve. La saluto.

Metto giù ma sento che stava ribattendo nuovamente. La gioia di vivere. Vendere porta a porta la gioia di vivere. La merce più preziosa e ricercata del mondo. Che ambizione, però, questi testimoni di Geova. E che coraggio, a rompere le palle alla gente, così. Al telefono sei al riparo, ma questi ti entrano in casa, come avessero un Folletto da farti provare. Saranno cinque o sei giorni che in questa casa non entra nessuno, a parte noi.

— Vero Valentino? Tieni, dammi un attimo, mangia intanto due dei tuoi biscottini... Eccolo, metà, sì, l'altra piano che ti ingozzi... — Avrei dovuto farli salire. Così parlavo con un essere umano. Anche oggi atletica. Mi sento tonico. Mi fanno un po' male le spalle per ieri, però voglio insistere.

— Vale, oggi andiamo nel parco che ti piace tanto... Sei contento?

Gira su se stesso, sente già l'adrenalina del partire.

Al parco di Porta Venezia, che adesso si chiama Giardini Indro Montanelli, ci abbiamo passato tutta la scorsa estate. Le nostre vacanze sospese le abbiamo fatte lì, noi tre insieme. La gente che resta a Milano ad agosto è tutta simpatica, o lo diventa, per solidarietà tra reduci. Noi si ribadiva il percorso giornaliero:

colazione al bar Bianco, ruscello per rinfresca-
re il pelo canino, la grande vasca dove alcune
persone infilavano piedi e polpacci, anche se
noi mai. Quindi sosta in zona cani, nel pratone dietro la statua dedicata a Indro Montanelli che batte a macchina. Ancora quattro passi, qualche minuto su una panchina dietro il
Museo di Scienze naturali, eventuale toast e a
casa. Detto così sembra una noiosissima condanna, invece era intimo, la situazione che mi
manca di più in questo momento.

La mia auto è lì. Guardo le gomme, che mi
sembrano sgonfie, ma so che non è così, perché se vado dal benzinaio sono a 2.10 come
scritto sul libretto delle manutenzione. Un
moto d'ansia mi prende invece nel vedere un
foglietto che pende dal tergicristallo dietro.
Accelero il passo, Valentino mi segue felice,
quando sono a due metri riconosco il volantino di un'immobiliare. Pericolo multa scampato, anche perché sono posteggiato bene, la riga
è bianca e le ruote sono all'interno. L'immobiliare è pubblicità da condominio, più che da
tergi: sarà la crisi, che considera l'auto come
prima casa. Sbircio le zone e gli appartamenti proposti e leggo Via Gluck 8. Quarto piano,
affittasi. L'appartamento sotto il mio. Nadia
Sampieri? Vuoi dire che è stata lei a mettere
quel volantino sulla mia auto? Lo metto in tasca, piegandolo in otto parti esatte.

Il cane sta annusando il profilo di una pisciata antica sul muro, e penso che da qui fino

ai Giardini i marciapiedi con quelle ombre disegnate saranno centinaia. Poi penso al ritorno, e la strada da fare a piedi mi appare lunghissima, e il tram crudele. Naso, denti, lingua sono tutto per un cane, mettergli la museruola equivale a stringere la camicia di forza a un bambino.

— Via, dai, saliamo in macchina, ci scateniamo dopo, al parco...

Valentino sale rapido. Capisce che il gesto esclude la museruola. La coda sventola come una frusta e schiocca sul sedile.

Due euro all'ora, le righe blu. Ho solo due euro e trenta. Un'ora e un quarto coperti e per il resto non saremo così sfigati da intercettare un ghisa all'assalto. In agosto questo problema non c'era. Ce n'erano altri, ma questo no. Valentino mi parte via imbizzarrito, gira l'angolo dell'ingresso dei Giardini e lo trovo di fronte a quattro cani slanciati e marroncini, fisici alani, non conosco la razza, ma sembrano preziosi. Sono trattenuti da un tipo dal tono sbrigativo e agilissimo coi guinzagli. Sembra stia guidando una biga. È un dogsitter. Mi dice rapido: — Tutte femmine — , e resta in attesa di vederci scomparire. Io supero l'immagine gladiatoria, avanzo, chiamo con decisione il mio cane, che mi segue, ma si ferma. Il tizio e le sue cagne non possono avanzare.

— Ora però dovremmo anche passare... — sillaba il dogsitter, e a giudicarlo dal tono, fossero stati leoni affamati i quattro esemplari, li avrebbe liberati per noi. Questi alberi spogli e i prati più marroni che verdi mi fanno venire freddo. È diverso, non lo riconosco questo parco. Anche se la primavera è prossima, l'inverno è dappertutto.

Avevo caldo, l'ultima volta che ci sono venuto, con Nora. Era stato il giorno dopo la Grande Illusione, quando credemmo alla regressione del tumore. Nora diceva di voler riprendere a fare traduzioni, informarsi dove potesse tornare a ballare il flamenco, cambiare taglio di capelli... Era il desiderio di tutto, che sboccia, primaverile, scampato l'inverno.

— Vieni qua, Valentino, qua...

Sta avvicinandosi a un dorato piumino che racchiude un minuscolo cane, un bulldog francese, con il muso da combattente.

— Audrey, stai qui vicino! — dice piano la donna piccola e graziosa. Il muso schiacciato e affumicato con l'armatura di piuma d'oca ubbidisce facendo tre passetti fino alla scarpa della sua padrona. Audrey, come la Hepburn. Per Nora l'attrice di Vacanze romane incarnava lo stile assoluto. Ed è un film che abbiamo rivisto di recente in lingua originale.

— Senti che pronuncia, Marcello...

Anche il suo inglese, ammirava. Io ammiravo Nora quando faceva le traduzioni e ripeteva le frasi completate a voce alta per sentirne il suono. Anche le prose italiane secche, sincopate, le rendeva in inglese nel suo ritmo diluito, più melodico. Aveva un accento simile a quello delle cassette con i corsi, accento che contagia-va anche il suo parlato spagnolo. Per un breve periodo si era divertita fare i sottotitoli di se-rie TV, pagata un niente, ma l'Ocean Cafè an-dava alla grande e tradurre le serviva solo per tenersi in allenamento. Si stancò dopo pochi mesi, perché i dialoghi brevi, lo slang continuo l'annoiavano, non le permettevano lo slancio della prosa che le dava soddisfazione.

Io sono sempre stato orgoglioso di lei. Del-la sua capacità di masticare tutte le lingue. Di riconoscere al volo un errore di battitura, d'or-tografia o di sintassi. Invisibile a mille lettori prima di lei. Sentiva la stonatura impercettibi-le, il granello sul velluto, il pisello sotto cento materassi. E io ho vissuto trent'anni a contat-to con questa pulizia della parola. Perché io? Come c'è riuscita? La sua nobiltà mi nobilita-va. Anche nei momenti di massima bruttura, io la riconoscevo. Nora non ha mai lasciato la sua siringa in mano a nessuno, a parte me, e sempre quando eravamo soli. Le prime volte che usi l'ago è sempre qualcun altro che ti fa, tu offri solo il braccio, perché non sei capace, e quando c'è di mezzo il sangue la teoria con-ta poco. Lei invece fece subito da sé, con una lentezza concentrata, fino allo spingere deciso ma dolce dell'ago nella vena. Sembrava una navigata infermiera di se stessa. Io resistevo e continuavo a farmi con il naso, oramai abitua-to allo schifo che ti sale appena tiri sù, e che nel 90% dei casi mi faceva vomitare.

Farsi è una cosa di gruppo, ognuno la sua spada e iniziava la festa lugubre e sublime. La mia prima volta eravamo in sei, in Canova, tornati dal primo viaggio a Bali, Nora sempre di fianco a me. Me la menavano tutti, dicevano: — E basta con questi pippotti, se devi farti, allora fatti davvero!

Tutti, ma non lei. Lei taceva, anche se ogni volta che si infilava una spada nel braccio mi invitava a farlo. Quella volta decisi. Un normale prelievo del sangue, prima, poi spinge e arriva il calore che già sapevo, però immediato, e molto, molto di più.

Nome d'arte: flash. Onomatopeico. Un'istantanea al buio. Imparai prestissimo a far da solo. Non per nobiltà infusa da Nora, ma perché dipendere da qualcun altro mi stanca, e per di più, la roba non ha proprio niente che meriti di essere condiviso, niente che meriti o anche solo somigli al rito. Si è più soli che mai. Anzi, Solo più che mai, come Johnny Dorelli. Anche questa mi veniva da cantare a Saman, lasciata la spada per la scopa. Son solo più che mai/ in una notte, che non mi dirà/ se avrò un domani/ e che solo lei/ di me deciderà.

— Nuvolaaaa, vieni qui.

Un altro dog sitter, questo ne ha otto. L'uomo è sui cinquanta, clownesco nel vestire ma con uno sguardo un po' sadico, fuori sincrono. Valentino sta usmando il didietro della sua Nuvola. La cagnetta lo respinge nervosa, e saltella via. Aggressiva, nuvola carica di pioggia.

— È vent'anni che viene qui, e pensa: "Non ci siamo neanche presentati e già mi vuoi odorare l'intimo?"

Il dogsitter fa la voce in falsetto per imitare Nuvola. Somiglia a quello di Zelig che fa il meccanico della Ferrari.

— E sì, Valentino, impara le buone maniere del corteggiamento...

— Quella lì, invece, al tuo gli salta addosso, — dice ancora e indica una cagna a macchie nere, alta come Valentino e magra. Lola, in sette anni di vita ha avuto solo quattro calori. Una frigidona che vorrebbe rifarsi, se ho capito il senso. Valentino ha capito a modo suo e le si avvicina, ma restando all'erta. Lei è impassibile, postura altezzosa, si lascia guardare dal suo lato migliore. Lui traduce tutto in disponibilità e punta il muso nel solito posto. Lei reagisce come Nuvola, stizzosa, con la zampa, lui si scosta. Lola però non se ne va. Aspetta e spera nel quinto calore. I cani fanno in fretta, basta la stagione. Beati loro, io non tocco una donna da sei mesi.

Sul profilo del pratone spelacchiato a cerchio, riconosco un dogo argentino. E anche l'interesse di Valentino si sposta. — Lascia stare e vieni qui, dai.

Maschio è un problema. Valentino è puntato che sembra un ritaglio di cartone. Il dogo è tenuto con tutte le forze dal padrone, sorriso stampato e sforzo da tiro alla fune.

— È un bravo cane, — dico al mio.

— È vero che sei un bravo cane? — mi rivolgo al nemico che mi smentisce aumentando il volume del ringhiare. Valentino si affloscia un po', piega la testa di lato.

— Non credo che riuscirà a convincerlo. Che è bravo, dico. — Il suo padrone mi parla da qualche metro di distanza. — Per lui esiste solo un maschio, ed è lui.

— Vale, hai capito? Non vuole che ci siano altri maschietti al mondo. Andiamo, dai, andiamo a cercare qualche cagnetta.

— Arrivederci... Ma anche no — dice l'uomo provando a trascinare il suo cane che fa resistenza. Lola resta immobile ancora, in mezzo, in linea d'aria tra il dogo e il mio Valentino, che è pigro, farfallone e si gira a guardarmi. Ok, lasciamo il campo al più cattivo e convinto e ritorniamo sui nostri passi, verso il ruscello preferito, che non c'è nulla per cui combattere.

Camminare in un parco è stato il sottofondo della nostra litania milanese. Ma non è sempre stato un piacere. Quando eravamo Ipunk, camminavamo in continuazione. Il parco Sempione lo abbiamo consumato, non ci fermavamo mai: se vedevi due macchie nere eravamo noi. Su corso di Porta Ticinese, dal Pois alle Colonne di San Lorenzo fino a piazza XXIV Maggio. Avanti e indietro.

Spaccio itinerante. Smazzo dinamico. Per i clienti della strada io ero "il tipo che sta con la Nooora, la tipa che parla un casino di lingue, l'intellettuale. Ce l'hanno sempre buona..."

Per forza, era la stessa che ci facevamo noi. Che avevamo anche i clienti fissi, quelli a domicilio, incasso garantito. Erano gli affezionati. Tossici, ma di lusso. Come ci sentivamo Nora e io, che avevamo avuto soldi in tasca, tanti soldi. Ci facevamo pomeriggi interi in questi appartamenti nella "Milano bene". Via Ariosto, Cadorna, Vincenzo Monti. Case d'epoca, gente con il grano che comprava un bel po' di roba e pagava rapido. Succedeva anche che la comprassimo noi da loro, quando c'era stata una consegna esclusiva. Eravamo un club di buongustai, uno slow mood, molto slow. La lenta dominava il ritmo milanese.

Il Gianni Prina era il più assatanato di tutti. Lui e la sorella, più ricchi di Paperone, più tossici di me e Nora, vivevano nella casa dei genitori, mai visti, in Piazza Castello, proprio di fronte al castello. Lui si preparava cucchiaio, accendino e spada che era già agitato, eccitato felice, come i bambini. Lei l'opposto, seduta e implosa, estasi goduta a cuccia. A me e Nora piaceva andare lì, perché significava abbondanza in tutti i sensi. Però lui le dava fastidio. Il Prina si muoveva come se fosse fatto di bamba. Non stava fermo, mai. Un'euforia pazzesca, un animale in gabbia. Schizzava. Parlava e continuava a fare cose, in casa. Ma non sarebbe mai uscito di casa, non usciva quasi mai, se non per contatti e movimenti dedicati al recupero della bianca. La migliore.

Offriva sempre il caffè, Nora chiedeva il tè, ma lui andava in automatico. Una volta non misc l'acqua nella moka. Si era messo a cercare un cazzo di vinile da farci ascoltare, li aveva tirati fuori tutti sul pavimento, e prima che il quartetto di tossici, lui compreso, si accorgesse che la caffettiera era diventata una bomba, la bomba scoppiò.

Fuggimmo come due topi, Nora disse che da quello schizzato non sarebbe più tornata. Bastò il primo arrivo di una bianca che si annunciava buonissima a farle dimenticare il proposito. Ne ho conosciuti pochi di eroinomani che parevano fatti di svelta, anfe o coca, ma c'erano. Non mi spiego la reazione chimica, ma non l'ho mai invidiata.

Di questa cerchia di buongustai faceva parte anche uno che non aveva più soldi in tasca da un pezzo. Un po' come noi. Era un ex di autonomia, uno dei grandoni di Canova, Rino. Si manteneva scrivendo racconti erotici per alcune riviste che allora andavano alla grande. Credo che alcuni fossero fumetti, ma non l'ho mai registrato in memoria. Non ci si ascolta, da scoppiati, o da fatti. Uno parla da solo, si dice le cose, gli altri annuiscono, stanno bene, che cazzo gliene frega, ma ok, viva l'armonia. Che fossero racconti erotici però me lo ricordo, è una cosa che rimane impressa anche a un tossico. Noi eravamo appena tornati dalla Thailandia, ci eravamo portati la bianca del posto, da smazzarne un po', ma non troppa perché poi ci sarebbe toccato andarla a comprare.

Bussano, è il Rino. Qualcuno gli aveva soffiato della primizia.

— Non ce n'è! — diciamo secchi. Implora. È più vecchio di noi. Ci fa un po' effetto. Anche se in Canova era stato poco simpatico, per non dire bastardo.

— Allora datemi almeno i filtri!

Il pezzetto di filtro delle sigarette che immergevi nella roba. Da quello tiravi il liquido con la siringa e le impurità restavano lì. Quei filtri i tossici come noi li buttavano, ma per chi stava a rota erano come il pane secco per un affamato. Nel portacenere di marmo a chiazze nocciola ce n'erano quattro, resti della nostra giornata.

— Fatti quelli! — Glieli indicai. Ma li aveva già visti. Li prende e li prosciuga tutti e quattro. Fa tutto velocissimo, come quando te la stai facendo addosso. Finalmente per lui, abbassa la spada, soddisfatto. Tempo tre secondi, in cui ci guarda riconoscente, e collassa. Piedi in sù, massaggio, pompare il petto, ma niente, chiamiamo l'ambulanza, arriva, lo porta via. Ho saputo, pochi mesi fa, che è ancora vivo. Un collasso a testa anche Nora e io, durante la nostra militanza agli inferi.

Ho freddo ai piedi, ma non fa freddo, davanti alla statua di Teodoro Moneta. Garibaldino, pensatore, pubblicista, apostolo della pace, tra libere genti. Quando torno a cercare con lo

146

sguardo Valentino lo vedo immerso nel ruscello. Quando salta fuori dall'acqua il pelo si è ri-
tirato. Come è magro, al naturale! Si posiziona
in mezzo al sentiero sterrato e si piega per fare
la cacca, l'acqua fredda fa il suo effetto. Si sfor-
za parecchio, mi diverte e mi dispiace. E sento
lo stimolo anche io quando lo vedo in posa. Ma
niente, non gli viene. Come con la roba. Mi facevo e non cagavo più. Dovevo farla prima. Oppure, quando ero in astinenza, a Milano, me la
facevo addosso. Era sempre diarrea. Per anni
non ho potuto godere del piacere di una caga-
ta compatta, lineare. Capitava che mi bastasse
vedere la polvere, averla lì davanti agli occhi,
a disposizione, per non riuscire più a tenerla.
Un'immagine che dovrei seppellire e invece si
apre, nitida, penosa: io che mi infilo nel bagno del bar Bianco in Sempione, meta ribadita
dei tossici dei primi anni Ottanta: cucchiaio,
un casino di roba fino all'orlo, qualche goccia
d'acqua dalla bottiglietta di plastica riempita
al drago verde. Scaldo il giusto, immergo il
mezzo filtro, mescolo con la punta dell'ago,
tiro sù, metto l'ago sull'attenti, lo picchietto,
fuori l'aria, lecco la prima goccia, stringo la
cintura al braccio, pompo la vena, che ormai
è un sentiero di montagna, e ce lo infilo... E
mi arriva lo stimolo di cagare. Estremo. Lascio
la siringa penzolare, mi tiro giù rapidissimo
pantaloni e mutande in un gesto solo, mi ac-
covaccio sulla turca, i muscoli delle gambe che
tremano e tiro su il sangue, finalmente sparo,

intanto la faccio, liquida. Una merda usciva, l'altra entrava, in contemporanea. È orribile ricordare gli abissi della dignità che si riescono a toccare. È bello sapere che dagli abissi si risale. Ma non fa molta differenza.

Si chiama Bianco anche questo bar, come quello del Sempione, erano del Comune, mi ricordo la scritta della Centrale del Latte, da qualche parte. A Nora piaceva venire qui, sedersi fuori, stare anche un paio d'ore. Ed era in quei momenti, immersi nell'estate più delirante della nostra vita, che ho iniziato a concentrarmi sul rapporto con le sigarette. Sapevo quanto fumasse, gliele compravo, non è mai stato argomento di scontro o discussione. Fumava da quando aveva sedici anni, non aveva mai smesso. Da fatta ne fumava quante ne aveva. Anche cinquanta al giorno. Solo l'ultimo anno a Tarifa aveva preso ad aspirare leggero, basta Marlboro. Forse sentiva avvicinarsi l'età fatidica, il polmone ereditario che gli avrebbe presentato il conto. Il tabacco da rollare era stata la penultima mossa, il tempo della costruzione della sigaretta entrava a far parte del rito e diminuiva il consumo. Ultima l'elettronica, dopo la scoperta del cancro.

Non avevo mai messo lingua sulle sue scelte, la colpa di quasi quarant'anni di sigarette era da considerare, ma non serviva ricordarlo. Prese questo oggetto, si entusiasmò durante la fase della scoperta dei diversi aromi e della possibilità di continuare ad aspirare ovunque e senza catrame. Per due settimane ho visto la e-sigarette appoggiata sul tavolino basso di fianco alla boccettina della ricarica, che mi ricordava una flebo, o un'iniezione. Ma Nora fumava ancora le vere e arrotolate, solo che le alternava a quella pipa lunga, che usava con perplessità. Il livello di nicotina era nove, quindi l'astinenza era tamponata, ma quell'oggetto ingombrante la irritava. Si vergognava ad accenderla quando c'erano altre persone, anche amici, a meno che non argomentasse le dinamiche e i vantaggi, come se dovesse venderla, da manager qual era. Prima dell'estate era scomparsa.

— Ma non la fumi più l'elettronica, amore?

— No, ti prego Marcello... Non è fumare. Se devo smettere allora smetto e basta.

— Ok, dai Nora, allora smettiamo.

Avevo usato il noi. Ma io non fumavo tabacco da un pezzo.

— Con calma, lo ha detto anche il dottore.

Quel dottore non aveva detto così. Aveva cercato di non spaventarla con rinunce improvvise, nel periodo in cui era già sconvolta dalla chiarezza della malattia. Questo breve scambio di opinioni conteneva il mio unico e più vigoroso tentativo. Nessuna pippa sullo smettere di fumare, non erano previsti scambi di paranoie nè rinfacciarsi vizi di qualunque genere. Avevamo cavalcato il vizio alla sua massima potenza. Fumare era stato come respirare, o poco peggio, e se lei si ostinava a volermi far mangiare il sushi o a spingermi a comprare certe scarpe, senza riuscirci, ma anche i cereali integrali e i succhi naturali al mirtillo riuscendoci, io non le avevo mai suggerito cosa fare, mangiare, evitare, mollare, scegliere.

Alla luce della rabbia che lampeggiava nei miei confronti, nei suoi ultimi mesi, potrei anche definirlo il mio grande limite. L'aver rinunciato totalmente alla piccola parte, anche solo sfumatura, del ruolo di padre. Io sempre compagno, al suo fianco, a coprire le sue scelte, a farle funzionare, a solidarizzare, a raccattare i cocci con lei, a seguirla ovunque. Mai a guidarla, spingerla, contrastarla, ma assorbire, smussare, comprendere. Le mie erano attenzioni totali, premure d'amore. Un compagno padre avrebbe detto i No che aiutano a crescere.

— Smetti di farti male!

— Io faccio quello che voglio. Se non ti va bene vattene! — Avrebbe risposto. Andarsene per amore? Per amore, io resto. Non so essere padre. Non lo sono.

I quattro aborti sono lì a dimostrarlo. Fossi stato un padre, in un angolo, uno scantinato, un cazzo di cesso pubblico infilato in fondo, da qualche parte della mia natura l'avrei costretta, sì, l'avrei costretta a crederci. A tenere il figlio. A provarci. Che cazzo di laccio nello stomaco, adesso... Ma non serve, devo volermi bene, perdonarmi, non posso che fare questo, è andata così perché così era, perché Nora e Marcello hanno una storia scritta, le loro due anime combinate avevano solo un copione ed era questo. Nulla poteva essere diverso, se non diversi noi.

— Senta... il suo cane non sta bene!

È il dogsitter delle modelle a quattro zampe. Valentino ha il testone inclinato verso terra, posa da punito. L'uomo indica un punto sotto la siepe che costeggia il ruscello. Le sue ragazze tengono tesi i guinzagli ma non dimostrano voglie di fuga. È la tensione di una curiosità trattenuta. Non hanno nessun interesse per il mio cane.

— Ha vomitato, — dice l'uomo quando mi avvicino. Apprezzo la delicatezza di non averlo urlato.

— Ha bevuto due litri di acqua gelata, per forza... Tatone!

— Dal colore e dalla consistenza del vomito non dev'essere stata l'acqua.

— Allora avrà mangiato qualche schifezza, qui in giro... — L'uomo si volta e se ne va senza arricchire la sua opinione. Oltre a Valentino, disprezza anche me. Che sono distratto e incompetente. Oltre che un umano e non un cane. Le quattro cagne fanno lo scatto breve concesso dal guinzaglio in movimento e si ricompattano in passerella. Io penso alla merda, alla degradazione, e lui sta male. La nostra simbiosi è completa.

Entriamo al caldo del bar Bianco, tavolino in

fondo, mi si accuccia di fianco. È la prima volta che siedo qui con gli alberi spogli, la terra dei sentieri umida e non c'è Nora seduta di fronte. L'inverno è la stagione più degna del lutto. Le vetrate che danno sul parco sono esistenziali, opache senza nascondere nulla, e ogni immagine è priva di un soggetto essenziale. Verde, sole, Nora. Mancanza e onnipresenza. Quello che ti manca ti accompagna sempre. La roba ne è un esempio estremo. Viene chiamata così, roba, come quella del Verga, perché è un attaccamento al nulla che appare tutto. L'ansia di possedere cose e quella di farsi, pari sono. Ordino un tè, pensando che farebbe bene al mio cane con tanto limone.

Nora comprava limoni a ogni spesa. Ce n'erano ancora tre o quattro, ormai molli, ma lei ne prendeva ancora. Guai a rimanerne senza. Aspro e dolce si confondono, alternano, e il limone le somigliava. Era convinta che fosse una specie di panacea e se lo imponeva. Lo metteva sul basmati, sulla carne, nell'insalata al posto dell'aceto. Io sono invece come il mio cane, mangio solo quello che mi piace e il limone non lo sopporto. L'asprezza mi offende. L'unico limone era quello dal quale spremevo la goccia per la brown. Se era la turca, la grezzissima, anche due gocce perché, senza, non si scioglie bene. È appiccicosa come zucchero: brown sugar, appunto.

A Nora piaceva di più l'acido citrico. Pratico, medicinale. Aveva la sua boccetta, prendeva una punta di polvere, come un pizzico di sale. Due polveri, meno sbattimento, rispetto al procurarsi il limone, e spremere la goccia, che se ne metti troppo non caghi più. Solo quando abbiamo usato la neve al posto dell'acqua distillata per diluirla, ne ha spremuto parecchio. Nora era clinica.

Mi controllo la moneta che ho in tasca e trovo il volantino dell'immobiliare piegato perfetto. Me ne andrò tra poco da questo appartamento in via Gluck, troppo grande e costoso per un cane e un uomo. Devo trovare il coraggio di iniziare a fare gli scatoloni, il trasloco verso il piccolo monolocale che mi appartiene è vicino, dovrebbe essere il nuovo punto di partenza.

16

Devo affrontare un impegno che richiede tempo e organizzazione, quando mi sveglio la mattina. Un lavoro vero mi aspetterebbe all'inizio dell'estate. A Pantelleria c'è Tony: mi ha offerto di lavorare per lui, sull'isola, in negozio. Mi paga bene e ha una casetta tutta per me, a un affitto ridicolo. Mi sta martellando di telefonate, sempre tranquillo, anche se mi faccio pregare, o latito. Lui conosce il mio stesso peggio, immaginerà che il più delle volte guardo il nome sul display del telefonino e non ho l'energia di rispondere, che non ho voglia di essere costretto a dire che sto di merda. O magari sto piangendo, guardando una foto. Non ho il coraggio di rifiutare, sapendo che anche domani è troppo lontano nel tempo. Rispondere significherebbe decidere, e decidere è una fatica che supera le mie forze. Mi ha fatto una predica ruvida, come è nel suo carattere, dicendo che devo ricominciare da qualche parte, vedere persone, essere costretto a farlo, tenere

Nora dietro le quinte, per una parte della giornata, almeno. Cose prevedibili e vere. Qui riesco a conversare solo con persone che mi sono estranee, stare in superficie, scambi rapidi, cordiali, e il cordiale è sempre superficiale. Ma è l'unico che non mi spaventa.

Con la signorina di nome Nadia avrei potuto rallentare, come ha fatto lei. Mi si offriva l'occasione di dire anche solo due cazzate su Valentino: sono preparatissimo su quelle, nel parlare di lui per non parlare di me, intanto avvicinarsi era facile. Ma Nadia Sampieri mi piace, e quindi ho accelerato: via, via, troppo viva, una donna che potrei desiderare! Quasi blasfemo, pensarlo. Sono vile. Perché non voglio, non posso essere ferito più di così. La mia solitudine dilata ogni gesto, ogni parola detta da altra bocca oltre la mia. O dalla lingua enorme di Valentino. Al quale parlo ad alta voce per dimostrare che non parlo da solo.

A Milano mi restano quei tre amici che hanno una vita piena, cittadina, l'azienda di famiglia li strattona, e io non ho energia da offrire ma solo bisogno di riceverne. Quando stai bene tutti ti cercano, sfruttano la tua carica. Quando stai male la succhi. Gira all'inverso, ma gira così. Io stesso evito di chiamarli. Non voglio costringerli a essere buoni, samaritani. Chiedere aiuto fa schifo. Si chiede aiuto per sopravvivere: è la richiesta più grande, invece si preferisce non farla. Per non apparire debole. Sfigato. Inutile. Proprio quando uno si sente debole, sfigato, inutile.

Andare a Pantelleria significherebbe ripartire dove mi aspetta una buona fetta di passato. Fare gli scatoloni significa riempire cartoni di frammenti di vita. Significa trascorrere giornate intere con tutti gli oggetti che riempiono una casa e due vite, tenerli in mano pochi secondi, riesumare e piangere come una merda, ininterrottamente. L'ultima volta eravamo insieme, nove mesi fa, diretti per sempre a Milano. A riprenderci la vita che avevamo spezzato. Quella volta facevamo i cartoni con gli oggetti da portarci nel futuro. Eravamo gasati. Nora diceva "Marcello" con il suo accento e la sua pastosità, io mi sentivo abbracciato ogni volta che lo pronunciava. Parlava di Milano come di un figlio che meritava di essere perdonato. O come una madre che l'avrebbe perdonata.

Apro il diario praticamente vuoto di Nora, che ormai lascio qui, sul tavolino basso, e che metterò via per ultimo. C'è un pensiero di Tesson che lei aveva sintetizzato, tradotto in un pensiero ormai suo. Ora più che mai, mio. "La vita si adopera per conservare il passato e anticipare il futuro. Maggiore è la porzione del passato e più pesante sarà la massa che spinge nel futuro." Questa l'avrà scritta pensando a questo mio momento. Pronto a fare gli scatoloni.

Sono le sei di mattina e mi sento sveglio. Ho dormito bene, sarà stato lo stomaco leggero, solo riso integrale olio e parmigiano, e la testa consolata da una cannetta. Valentino alza il muso, è ancora buio per lui, mi guarda passare per andare in cucina ma non cambia posizione. Prendo l'acqua dal frigo, mi piace ghiacciata, ne bevo un po', la sento scendere dalla gola alla bocca dello stomaco, ho la sensazione che mi stia lavando dentro, e ne faccio un altro sorso.

Il cielo sta schiarendo e si intuisce un fondo azzurro. La lavagnetta di fianco alla dispensa mi dice quello che devo fare: "Vai a correre!". L'ho scritto io, anche con il punto dell'imperativo, dopo la camminata con i venti chili di cibo per cani portati sulle spalle. Mi aveva preso la botta di adrenalina, mi sentivo meglio e volevo ricordarmelo. Da quando è morta Nora, la lavagnetta delle cose che mancano era rimasta pulita. Era lei che sentiva le mancanze. Sembrava che avesse paura della carestia improvvisa. A Nora piaceva vedere il frigorifero pieno, le dava tristezza anche da semivuoto. Semipieno, per me. Io rimediavo a quella che consideravo una mania di grandezza, o paura del vuoto a secondo dell'umore che avevo, cucinando e mangiando quello che stava scadendo, o appassendo. Le melanzane con i semini già scuri, le zucchine con la punta molle, il pesto del giorno prima. Controllavo gli yogurt, il latte, le uova con la data più lontana, che per vederla dovevo incollarla alle lenti. Qualunque cosa in offerta meritava il mio sospetto e la conseguente sbirciatina alla scadenza. Rimediavo per tenere a cuccia la mia paranoia. Lei comprava, riempiva, temeva anche solo l'immagine della carestia. Io consumavo tutto perché me la portavo dentro, la carestia. Nel Dna, dalla mia famiglia calabrese, cultura contadina che non riesce a sprecare nulla.

— Ma buttala, Marcello, costa sessanta centesimi...

Io invece quella banana la ripulivo delle macchie marroni e me la mangiavo. Gettarla mi costava molto di più di sessanta centesimi. Mi piace pensare che siano tutte le donne, a essere così. Prenotano il futuro. Amano l'abbondanza e sanno far di conto. Nora per me incarna il genere femminile intero, il prototipo: conosco così visceralmente la donna che amo, che le altre appaiono repliche. Adesso non guardo più date. Quello che compro scade nel giro di due giorni nel mio stomaco. Io e la mia spesa siamo contemporanei, viviamo il presente, ci scegliamo quotidianamente. E oggi vado a correre. Lo ordina la lavagna delle mancanze.

Recupero le vecchie Asics, comprate da Decathlon, 90 euro con lo sconto, una scarpa di quelle serie. Di serio, però, non ho altro. Non ho divise da ginnico in microfibra attillata e nemmeno il televisorino sull'avambraccio che ti fa il checkup in diretta. Però posso fare walking, camminare sostenuto per cominciare, che intanto accelero il metabolismo e non mi spezzo le gambe che sono ferme dal fatidico aprile. Non sono più riuscito a correre da quel giorno, mi sembrava offensivo tornare bello sudato e buttarmi in doccia, sentirmi in pace, tonico, come dopato. Non so più se fosse vergogna, pudore, o semplicemente avessi perso le forze che non servivano ad altro che ad accudire corpo e spirito di Nora. Lei era Noi.

Le scarpe da running le sento larghe, sono leggere, sembrano fredde. E la suoletta spinge, pressa l'arco plantare, poco pronunciato, ma non sono un piedipiatti, sostantivo nemico obbligato dalle circostanze. L'arco dei piedi di Nora era deciso. Credevo di conoscerli a memoria ma ne ho scoperto l'esatta anatomia solo nella camera mortuaria: davanti alla sua salma, nella bara, coperta da un vestito di cotone bianco, contemplando i talloni incollati, i piedi che si aprivano in un arco di pochi gradi e puntavano in avanti, come se contenessero una tensione muscolare, come se volessero allungare, stirare in una sorta di stretching il corpo magrissimo, ombra dietro la maglia sottile. L'arco plantare era una curva parabolica, suggeriva uno slancio primordiale.

I piedi contenevano un disegno anatomico leggero e agilissimo, l'intenzione atletica e spirituale del salto. Di quei momenti in cui ci siamo specchiati, il suo cadavere nel mio ancora vivente, trattengo più di ogni altro particolare le due estremità. Piedi e testa. Pur nella serenità dell'abbandono, il suo volto manteneva una punta di amarezza e di risentimento, incorniciato dal profilo bianco della ricrescita: durante quei lunghissimi minuti passati a osservarla alla ricerca di qualcosa di nuovo o antichissimo, quel profilo di un centimetro, uniforme, mi stregava. Era come una luce accesa, quella beffarda vitalità. Ma a lei non sarebbe piaciuta. Non le sarebbe mai successo di uscire senza il ritocco della tinta.

Cammino a buon ritmo, tengo una postura il più possibile eretta, uniformo la lunghezza del passo e la velocità, non mi curo dei passanti, senza cane sono anche senza conoscenze. Sono appena le sette e siamo quasi soli, la Martesana e io. Ci sono più anatre che umani. Una s'inabissa, fluttua rapida sott'acqua e rispunta più avanti, mi affianca come un cagnone fedele, e io quasi mi emoziono, sarà la produzione di endorfine, quell'euforia del corridore che si fa incantare dalla normalità: dagli origami dei rami sul muro frontale del fiume, dall'acqua serena e solenne, dal sole pallidissimo che si arrampica... Milano è una città che si nasconde e si concede solo agli amanti discreti e ostinati e noi siamo stati prima esagerati e distratti, dopo risentiti e ostili. Nora aveva corteggiato questo desiderio di fare pace con Milano. Lei e la sua città si erano finalmente ritrovati, per perdersi definitivamente.

Nora diceva che voleva godersela la sua città, apprezzarne le cose e le visioni che non si ha tempo né fantasia di vedere. Il bello che non si svela. Mi fece un elenco della sua Milano, immagini che sono ora il mio itinerario sentimentale. La Martesana. Quel giardino del signor Chissachì, alberi di pompelmi e di cachi carichi di frutti, piccole serre con coltivazioni tropicali e una veranda con pergolato arredata da tavolo da gioco, foto in bianco e nero della vecchia Milano, tendine con lustrini. La casa del ferroviere: a fianco della massicciata della ferrovia, una ex-casa cantoniera con un rigoglioso banano in giardino. La signora che ci abita ne va giustamente orgogliosa: l'albero è stato piantato dal suo bisnonno ferroviere, una vera gloria di famiglia. La casa dei ciliegi, antichissima in via Tofane e il castelletto all'angolo di Viale Monza, edificio storico con tanto di torrette e merli. E il naviglio quando si fa Darsena. La domenica mattina: deserta e romantica. Foro Bonaparte di notte: dove Milano somiglia a Parigi. Il Parco Sempione in una mattinata piovosa. Il Castello che, visto in infilata in fondo al verde, pare un miraggio. Piazza Mercanti al buio. Il dedalo delle Cinque Vie, antica zona di bordello.

Pisciatina di rito. Via Zuretti è già nel vivo, oggi è giorno di mercato ma noi passiamo dietro, nella via Gluck semideserta, così arriviamo prima in Martesana. Valentino tira opposto, sente il richiamo della festa, non si spiega perché non andiamo dove c'è il resto del mondo e sicuramente qualche cagnetta in calore: la stagione è quasi pronta, ha ragione, mi ricorda che ho suoi stessi bisogni. Al ritorno dalla passeggiata sul fiume facciamo anche noi la strada del mercato, gli dico. Capisce e accetta, perché prende la direzione Gluck di sua iniziativa.

Mi siedo sul muretto alla rotonda, di fronte al recinto dove gioca un bastardone tozzo che ho già visto. È un maschio, e Valentino non può entrare. La sua padrona è appoggiata a un albero e sta parlando al cellulare, mi fa un cenno di saluto. È un architetto, avrà sessant'anni, vestita con un largo pastrano di pelle marrone ruvida dal quale spuntano pantaloni verde scuro che sembrano un pigiama. È una donna che parla volentieri, soprattutto di sua figlia, e dev'essere al telefono proprio con lei, perché si accalora e ogni tanto si addolcisce. Il suo cane è brutto ma indimenticabile. Mi ha raccontato che abitano in cima a una lunga rampa di scale, e per lui ogni volta che si sale una scala qualunque si arriva a casa sua. E ogni volta resta stupito, e agitato, di non trovarla.

— Dai Valentino andiamo che è quasi primavera, e magari incontriamo le tue amiche in fregola...

Continuo a parlare a voce alta con il mio cane, non me ne rendo nemmeno conto, ma è l'essere più umano che frequento. Lui è pieno di femmine, non come me. Le sue predilette hanno nomi che promettono follie, come Scila e Margot, due bracchi italiani, da caccia e da compagnia, comprensive e molto affettuose, dicono di loro i padroni. Le mie preferite sono invece Indie e Pippa, due schnauzer grandi, la prima sale e pepe, molto rara, e l'altra bianca lucida, che quando è in punta sembra una statuetta di porcellana. Le schnauzer sono democratiche, per dirla antropomorfa, nessuna fregola di comando, ma anche nessuna sottomissione. Non sono proprio il massimo per i maschi italiani come Valentino, erede di Rodolfo.

Dopo trent'anni in fuga insieme a Eleonora, l'italianità mi appare come appare agli stranieri: buffa. Anche nel periodo milanese lavoravamo con il sogno di andarcene, che diventava la fatica di ritornare. Non troppo lontano, volevamo l'Europa, e non un'isola. Un posto dove poter prendere l'auto e tornare a Milano in una giornata, se ti prendeva male. A sud, comunque. Alla fine è stata la Spagna. C'era il flamenco, che pesava nella scelta. Quando arrivammo in moto a Tarifa, l'estate ultima, rimasi folgorato dalla punta del Marocco a vista. E da quella spiaggia infinita. Il vento non lo sentivo. Sentivo l'orizzonte davanti. L'immenso in cui perdersi, che per noi era un ritrovarsi.

Un bel Labrador Retriever si avvicina. Lo conosco, si chiama Tobia. Era un cucciolo, quando l'ho visto la prima volta insieme a Nora, Valentino voleva sempre dominarlo. È di una coppia gay, due che avranno sui quarant'anni. Eccoli là, che si avvicinano anche loro. Non ci conosciamo, non ci ho mai parlato, ma Nora

163

aveva i loro stessi orari di Martesana e mi raccontava delle loro lunghe chiacchierate. Frequentano un corso di salvataggio all'Idroscalo, dove ci si immerge insieme ai cani, una cosa che Nora aveva intenzione di fare con Valentino, anzi doveva fare a ottobre, mi aveva detto, insieme a questa coppia e al loro Tobia. Le piaceva perché era una forma diversa di stare con il proprio cane, era entusiasta di quello che le raccontavano questi due ragazzi stagionati.

Io non ho mai fatto molta conversazione, sono sempre stato piuttosto schivo, quando portavo fuori il cane nel mio mondo, preferivo fermarmi al saluto di circostanza. Mi dava fastidio il riempitivo, tipico femminile, di conversare di ogni. Invece ora sono diventato più femminile anch'io, ho accettato il fatto che la comunicazione passa oltre il senso e il valore delle parole. È pretesto, per scambiarsi calore. Ora che Nora se n'è andata, mi accorgo di comportarmi come lei. Faccio comunella facilmente. Mi scopro pure una risata fredda e silenziosa, aprendo le labbra chiuse, così come era la sua. A volte parlo a Valentino con la cadenza che usava spesso Nora, da mamma, un po' zuccherosa, come fosse un bambino piccolo piccolo. Faccio le cose che mi mancano. Riproduco quello che non vedo più. Chissà cosa penserà il mio cane, nel non vedere più la sua padrona ma sentire me che gli faccio il verso, nel vedermi parlare tutto gentile con i padroni dei suoi amici cani come faceva Nora e come non avevo mai fatto... Penserà che me la sono mangiata, come la nonna di Biancaneve nella pancia del lupo. Ma il lupo, in questo caso, se l'è inghiottita per sempre. E Valentino si abitua e dimentica.

— Valentinoo...

Il più alto e forse anziano dei due chiama il mio cane, e parte in mia direzione. È davanti a me.

— Scusi, lei è Marcello, vero?

— Sì.

— Buongiorno. Noi siamo amici di Nora. Cioè, ci conoscevamo...

— Lo so, Nora me ne ha parlato.

— Ecco, scusi... Intanto: io non amo i pettegolezzi, la prego di non fraintendermi.

Non parlo, Non so cosa dire. Aspetto.

— So che sua moglie è venuta a mancare. In effetti era da tanto che non la vedevamo... Ce l'hanno detto. Ci dispiace tantissimo. Noi la ricordiamo con tanto affetto. Ci sembra impossibile...

Io lo guardo con rassegnazione, da fresco vedovo che non ha nulla da aggiungere ai fatti. Lo sento sincero, mentre cerca le giuste parole e si sfrega le mani bianche e rosa.

— Dovevamo fare il corso insieme, e non sapevamo... Non la vedevamo più, ma sa, uno non chiede, magari pensa che vi siate lasciati — e mi porge la mano fresca, appena umida, che stringo veloce. Lasciati? Magari, penso, così lei sarebbe viva. Anche se immaginarci vivi e separati mi fa ancora più male.

— È già da un po' — dico. — Un tumore che non perdona.

Alzo le spalle. Lui fa un cenno di assenso con la testa e attende qualche secondo: quando il silenzio è troppo pesante alza la mano in un saluto timido, io lo ricambio, lui si volta piano e camminando lento si ricongiunge al compagno, rimasto a pochi metri, come se in due mi avrebbero costretto a troppo. Però ha sempre usato il noi, e in più l'ha chiamata mia moglie, e mai Nora. C'è una tenerezza che mi sfugge, un dolore delicato e consistente. È la prima persona che dimostra di aver subito la mancanza nel profondo. Anche fosse solo la recita meglio riuscita di una condoglianza, mi ha sfregato la pancia, e non voglio piangere, non posso, cazzo... Mi alzo subito, mi pulisco gli occhiali ma vorrei asciugare la lacrima che avvolge il bulbo oculare.

— Andiamo Vale, andiamo al mercato che ci sono le gallinelle in calore... — Uso il tono da duro, da maschio latino, per compensare la debolezza che mi vibra ovunque.

Passiamo davanti a una cassetta di limoni tanto belli e gialli che sembrano di plastica. È in mezzo alla strada, spostata appena dal flusso delle bancarelle, nel metro quadro di un giovane arabo, che me ne avvicina uno fluorescente al naso. Capisco solo la parola Sorrento e sento il profumo del lungomare. E del gelato

preferito da Nora, che avevamo anche imparato a fare con un bel corso accelerato, quando
decidemmo che a Tarifa avremmo ricominciato aprendo una gelateria. Quello era il nostro
business. Ci siamo però scontrati con la spesa
per i macchinari obbligatori e con il fatto che
a Tarifa c'erano già due gelaterie nei punti de-
cisivi. La seconda scelta era quella di rilevare
un bar che servisse colazioni internazionali:
succhi, insalate, uova, le tipiche colazioni da
tropici. Per cui quando siamo entrati nel locale notturno "El Diablo", con colonne e archi,
bancone già bello e pronto, davanti a una piazzetta centrale, eravamo solo curiosi. Lavorare
di notte non era nelle nostre intenzioni, piuttosto salutiste, dopo i tre anni nella Milano da
bere. Non c'erano però locali di quella fattura,
a Tarifa, e i pochi che conoscevamo ne parlavano come se fosse un posto della madonna. Tirava di brutto. Ne abbiamo discusso una notte
intera, Nora e io, come non avevamo mai fatto,
nemmeno di fronte alle gravidanze: il giorno
dopo era un Si. Se doveva essere noche, noche
sarebbe stata. Tornammo a Milano, vendemmo un piccolo abbaino di proprietà di Nora
e con quei soldi coprimmo la spesa. Sessanta
pali, chiedeva, ci siamo accordati per quaranta. A Milano, con quelli aprivi un baracchino
dello zucchero filato. Prima cosa l'insegna:
Ocean Cafè. Tutta quell'acqua davanti ci suggeriva con insistenza il suo nome. Quindi pulire, imbiancare, spostare un muro, arredare il

minimo con il gusto milanese della mia signora. All'inizio volevamo chiamarlo Travel Cafè,
come il nostro primo e amatissimo cane, ma
ricordava il bar di un'agenzia. In più Ocean,
pronunciato stretto da Nora, suonava Osho, il
santone ispiratore di Saman.

Prendo un bombolotto di yogurt bianco e
la sacchetta con il mix di semi che comprava
Nora su internet. Un macinato di lino, zuc-
ca, girasole, sesamo e altri. Un cucchiaino, la
dose. Quando vedevo Nora mangiarli mi veniva sempre voglia d'altro da mordere, masticare. Come si fa a inghiottire semi, se non sei
un uccello? Ma lei li metteva nelle insalate di
ogni colore, anche sul pesce al forno e adesso
mi concedo facile il lusso delle associazioni ardite. Il seme è il mio, asportato dal suo utero
troppe volte. Le ali, quelle che ci hanno sempre portato a migrare.

Nora passava molti dei suoi pomeriggi liberi
dall'Ocean Cafè al parco naturale di Rio Cara,
con Valentino e una sdraio.

Tarifa è stesa da sud a nord-ovest, poi inizia
una spiaggia di almeno dieci chilometri. Nel
punto in cui si immerge il fiume si forma una
specie di laguna che trattiene i vermi e altro
cibo vivo per uccelli. Gli uccelli ci vanno a far
le uova, a riposare, a beccare. È la stazione di
servizio della migrazione. Passa da lì tutto il
battere d'ali dall'Africa all'Europa e ritorno,
un via vai di gabbiani, cormorani e cicogne
nere. Era proprio la cicogna nera quella che

Nora amava sbirciare. È un uccello che vive e nidifica in aree selvagge, dove la presenza umana è minima, ed è possibile avvistarla solo durante la migrazione. Una cicogna nera. Ecco come Nora si sentiva. Ora questo cibo aerobico è la mia merenda sana. Devo mantenermi vivo e sano. Perché l'ho promesso a Nora, a fine maggio.

17

Si stava programmando la strategia con la malattia, non c'era nessuna disperazione, ancora. Eravamo in auto, sole caldo, un filo di vento e il cielo di Milano nuovo, scintillante. Valentino sbausciava dalla sete, le gocce enormi di bava cadevano sul sedile di dietro. Nora era assorta eppure parlava. Con molto pudore, quasi scusandosi, diceva che lei stava per fare la fine di sua mamma, la stessa malattia, la stessa età. Ma no, amore, sono passati quarant'anni, tutto è diverso, stai tranquilla, e tutte quelle parole che sarebbero state ripetute mille volte, da me, da lei stessa, dai pochi amici e parenti, ormai intercambiabili. Un po' meno dai dottori, sempre stati umani ma schisci, perché conoscono il mostro abbastanza da sapere che non lo si può conoscere abbastanza.

— Sai Marcello? Io a te, da solo, non è che ti ci vedo tanto...

Stavo cercando di posteggiare davanti allo

Strehler e non vedevo niente perché Valentino occupava tutto il vetro dietro, pronto a saltare fuori.

— Mi dai l'impressione che non riesci a cavartela... Promettimi che se davvero succede, ti devi prendere cura di te stesso, non ti devi lasciare andare, devi stare bene... — Non riuscivo a parlare. Non ricordo di aver detto una parola.

— Di te, e anche del nostro cane. Promettimelo!

— Te lo prometto. — Risposi solo, al comando. Odiavo quel discorso, ma non ribattei altro che una promessa. Ha fatto bene a dirmelo, anche se un po' mi ha offeso. Pensava che tutto quello che avevo delegato a lei nella nostra vita insieme io non avrei mai potuto sostenerlo, non ne sarei stato capace. Io delegavo per equilibrio di coppia, per pigrizia, anche, e avrei dovuto dirle che quello che si deve si fa, quando non c'è alternativa: invece mi bastò una promessa.

Dev'essere un'esclusiva maschile, la pigrizia. Ma io sono sempre stato un passo indietro, ho evitato la competizione con Nora, anche perché lei aveva testa più veloce e ci sono cose in cui la rapidità è necessaria. L'amore è un equilibrio e la competizione assurda. E la mia promessa, difficile da mantenere.

Io e Valentino non mangiamo limoni e così dico all'arabo — Sarà stata Nora, a trascinarmi qui.

Non può capire, ma condivide lo stesso con un cenno di solidarietà. Sono io quello che tiene in mano il guinzaglio, ma è il cane a trascinarmi. Valentino se ne frega dei limoni, ha puntato una cagna dal pelo vaporoso e bianco, un batuffolo, fonata da uno scirocco incandescente. Si annusano tra le risate e i commenti divertiti: miei, dell'altro padrone, dei passanti, sempre gli stessi davanti alla natura che si ripete. Ma quando Valentino tenta la monta al padrone dalla cagna si accende un lampo negli occhi e strappa deciso, pur mantenendo il sorriso. La sua bestiola e la mia spingono invano in direzione ostinata contraria. Che culo, questi cani, in un minuto si sono annusati, piaciuti, pronti ad accoppiarsi. Ma non si può. La loro storia d'amore è ottocentesca, inesorabile e contrastata, e sarà il padre della femmina a decidere: se non acconsente non c'è eroismo che tenga. L'uomo, di mezza età e coi capelli nerissimi, finalmente riesce a vincere la resistenza della sua Bovary, gira dietro un furgoncino e spariscono. Io torno allo sguardo di supplica dell'arabo e cedo, ma non ai limoni, compro degli orgogliosi costoni di sedano, l'unica altra merce che offre. Per la centrifuga sono il massimo.

Valentino resta irrequieto, sente che la sua amata è nei paraggi, tira il guinzaglio nella direzione dove è scomparsa, ma io proseguo. Con uno strattone deciso allungo il passo, anzi, no, taglio subito verso via Gluck, lui sente l'imperativo del gesto. Sono il padrone e si fa così.

A metà strada vedo il padre della sposa canina, la tiene nascosta dietro un Suv nero lucido. Aspettava che noi proseguissimo per uscire allo scoperto e tornare a far la spesa, ma la nostra deviazione ha rovinato la strategia. Al volo incrociamo lo sguardo, Valentino è due metri di guinzaglio dietro e non vede, l'uomo dai capelli troppo corvini ha il tempo necessario per voltare rapido intorno all'auto trascinandosi il suo cane e schizzare via. Salvi. Anche perché il mio cane è nella fase rassegnazione e non si accorge della manovra aggirante. Resta solo com'è.

Il Parco Lambro mi piace perché è sconnesso. Il verde cittadino è sempre una grande piana, se alzi lo sguardo trovi i profili dei palazzi che ti ricordano che sei vicino a casa, al Lambro invece puoi fingere di aver preso la macchina ed essere fuori porta. Insieme a Nora e Valentino ci siamo venuti un paio di pomeriggi, l'estate scorsa, anche se lei preferiva i giardini di Porta Venezia. È il problema dei ricordi insani: il Lambro è più marcio e più antico.

Dopo piazza Udine giro a destra e trovo posteggio a cento metri dall'entrata del parco. Una via senza negozi, triste, molto Gluck. Scendo dall'auto e l'acido lattico mi sembra cemento armato. Valentino invece è agile e scattante, pronto all'avventura e sembra riconoscere subito la direzione giusta. Mi osserva

173

nel mio procedere sofferente, non capisce perché cammino come un robot se lui ha fretta di arrivare. Prendiamo la stradina che si inoltra nel parco arrivando da piazza Udine. Era la via dello spaccio, una passerella dove incrociavi le offerte del giorno. Chi stava fermo sul posto era venditore, chi camminava compratore. Nel nostro caso i due ruoli si sono sovrapposti. Fusi.

Mi fermo curioso e muto come un anziano sui lavori in corso, davanti alla Cascina Molino Torrette, quella che ospita Exodus di Don Antonio Mazzi. Quando l'hanno fondata, inverno del 1985, Nora e io eravamo qui, strafatti, a osservare lo strano movimento. Si diceva di un prete tosto, che dava lavoro ai tossici. Noi non cercavamo lavoro ma soldi, e per smettere aspettammo di essere alla canna del gas e braccati. Sul significato di Exodus non ci fermammo nemmeno un secondo. Esodo è la fuga dalla schiavitù, e la fuga era nel nostro Dna, ma doveva portarci in un altro luogo, al confine del mare. Non avremmo mai cercato redenzione nello stesso luogo che era stato cuore dell'inferno. E la parola fuga feriva l'orgoglio di Nora. I nostri continui viaggi erano migrazioni e la permanenza prolungata un rifugio lontano. La parola rifugio conteneva il calore del proteggersi, la scelta obbligata ma lucida.

Ora che ho imparato a vedere il passato e non solo il presente immediato riconosco quanto Exodus e Saman fossero complementari. Il Gesù cristiano da una parte, il mondo arancione di Osho dall'altra. Perché una forma di spiritualità è obbligatoria per fuggire da se stessi. La condotta francescana di un Don Mazzi e quella ingorda di Cardella. L'astinenza sessuale e la fame libertina. La protezione eterna dell'aureola cattolica e quella nuova, spudorata e craxiana. È stato naturale, per noi, dopo pochi mesi da quel giorno in cui nasceva Exodus sotto i nostri occhi pestati dall'indifferenza, scegliere Saman come rifugio.

Valentino fa le sue pisciatine rapide per marcare il territorio. Ho gli occhiali un po' appannati, li pulisco lentamente sul lembo della maglietta. In quell'istante vedo sfuocata una bella sagoma che si avvicina, rimetto veloce le lenti e mi godo il passaggio di questa giovane donna fasciata di nero con una cintura rosa shocking in vita. Collo rigido, nessuna distrazione dello sguardo, il suo passo è acceso dal bianco delle scarpe, cadenzato ma leggero, come fosse sulla luna.

Un fisico spudorato, la ragazza di corsa, così come spudorata la tutina aderente, esplicita. Seguimi!, potrebbe essere la didascalia del suo passaggio. Altrimenti perché andrebbe in giro fasciata nuda? Per fendere l'aria rarefatta della luna? Molte donne si vestono incuranti del mondo maschile. Siamo separati dall'istinto.

— Vero tatone?

Valentino ha infilato la testa alla base di un

grosso cespuglio, e annusa, annusa. Noi guardiamo, lui annusa. Cerca, senza sapere cosa. Questo è il vero istinto dell'esploratore. Anche se lui esplora solo nei paraggi, nel territorio scelto dal padrone. Senza guinzaglio ma protetto. Non ha l'animo randagio, o del vagabondo.

Più vedo gente che corre e più mi fanno male le gambe. A uno di questi, un trentenne dalla pelle olivastra che non porta cuffiette chiedo dove sia la fontana. Glielo chiedo perché ha catturato anche lui la mia attenzione: sembra uscito dalla macchina del tempo, con i suoi pantaloncini da calciatore dei Mondiali di Messico 70, quelli cortissimi tutto coscia, e la fascetta sulle tempie alla Borg. Immagini dalla mia infanzia, che avevo praticamente dimenticata.

— Dopo il ponte, subito a destra, trova un sentiero di pochi metri che porta dritto alla fontana — mi risponde sillabando a ritmo con il respiro, senza rallentare. Collegamento al cervello immediato. Vedi, l'attività fisica...

Valentino sta osservando un'edera che si arrampica a un recinto. Ne è rapito, postura da Sindrome di Stendhal, io punto invece sul ponte e da lì scorgo uno scorcio del cosiddetto pratone. Un altro ricordo che non comprende droga e sbattimenti. Avrò avuto meno di diciotto anni, tutti seduti in terra, un concerto di Lucio Dalla. Ti hanno visto bere alla fontana che non ero io. Alla fontana arriva prima Valentino.

Sono stanco di camminare. Quando non parli con nessuno, lo spazio si dilata, la strada che fai ti sembra più lunga. Con Nora camminavamo molto, non ci si fermava quasi mai, a star lì, a guardare, e pensare di conseguenza. Aveva sempre qualcosa che spezzava il momento. Era capricciosa, dentro. Non le bastava mai il presente. Era sempre dove stava per andare. Il dramma occidentale. Siamo sempre dove stiamo per andare. E per forza che arriva l'ansia, la malattia vera, il seme di tutte le malattie. Io invece, adesso, so almeno questo: non so dove andare e quindi sono presente.

Mi siedo sulla panchina davanti ai giochi per bambini. Voglio provare a respirare bene. Il tentativo di meditare mi ha sempre fatto l'effetto contrario: chiudevo gli occhi e il cervello partiva in tutte le direzioni, al posto di svuotarsi. Però solo respirare, bene, posso farcela. Aspiro lento, dal naso, passa dai polmoni, riempie la pancia, fermo tre secondi... Inizio a espellere, piano, fino a sentirmi vuoto. Ancora aspiro...

— Cazzo, Vale, cosa fai?

Valentino mi è saltato sulle gambe all'improvviso, me lo vedo davanti, occhi negli occhi, e mi accorgo, ogni volta che succede, del suo sguardo alienato, assente, un'anima senza variazioni, scolpita nel bisogno primario. Sguardo vuoto eppure incisivo.

— Ma no, non stavo dormendo... O maga-

177

ri pensavi che ero morto? Ma dai tatone... Sto solo facendo la respirazione, dai, vai a giocare...

Mi ha capito, oppure gli basta vedermi sveglio, o vivo, e ritorna ad annusare dietro l'albero. Lo vedo che colpisce qualcosa con la zampa, come per stuzzicare, lo fa con sempre più decisione, anche se mantiene una certa diffidenza, che nel suo caso è variante della caghetta. Però insiste, sembra volerla liberare, allora mi alzo e vado a vedere. È una bottiglia vuota di Heineken da 33cl, incastrata sotto i rami fitti del cespuglio che circonda il tronco dell'albero, sfuggita ai netturbini.

— Bravo il mio cagnone segugio, Valentino a impatto zero. Però non possiamo giocare con questa, la buttiamo nel cestino, anche se non è del vetro fa niente.

Valentino mi pare deluso. O soddisfatto. Non lo so. Comincio a pensare che i suoi umori siano a mia libera interpretazione. Mi risiedo e riprendo a respirare, con gli occhi aperti, stavolta. Questa specie di apnea nel ricordo della bottiglia appena buttata mi porta in Thailandia.

Un bungalow sulla spiaggia, la sabbia bianchissima, le bottiglie di birra abitate da rettili enormi. Esemplari da museo delle scienze naturali, ma vivi. Erano innocui, credo, o forse noi non avevamo il sentimento della paura. Noi avevamo solo un sentimento: essere fatti di roba. E trombare. Siamo stati due mesi, forse tre, in quel bungalow e quelle bottiglie piene di rettili sono l'immagine che ricordo più nitida. Rettili rifugiati. Forse ci somigliavano. Che specie fossero, non ne ho la minima idea. Noi stessi eravamo indefinibili, pur specie umana. Ci alzavamo la mattina, davanti a questo paradiso reale, facevamo un bagnetto al posto della classica toilette, colazione, quindi preparavamo il nostro paradiso artificiale. Una pera sostanziosa, la prima, con la bianca dello stesso colore della sabbia, e chissà quante volte l'abbiamo pensato insieme, Nora e io: che tutta quella spiaggia fosse roba... Ci addormentavamo quasi sempre, quasi subito, con la spada in mano o addirittura ancora nel braccio. Verso le sei di pomeriggio ci si riprendeva, stavamo lì ad aspettare il tramonto con un paio di sigarette farcite per mantenere la questione. Tempo di cena, e come ammazza caffè una nuova pera. Tutto succedeva dentro, fuori non succedeva un cazzo.

18

Sento l'accento di due voci femminili che mi ricordano Stanlio e Olio, come capita a tutti quelli che non parlano inglese. Dai vestiti e dal passeggino che spinge una delle due, vedo la buona borghesia. E mi piace. Hanno due piccoli, uno nel passeggino dalla struttura minimal ma robusta, teutonica, l'altro di tre anni che si è fermato davanti a Valentino, a una spanna. È rapito, curioso, non teme l'ignoto. Il mio cagnone sì.

— Si può accarezzare? — chiede per lui la madre.

— Sì, è buono. Vai Vale, prestati.

— Ma che bello, guarda... — dice ancora la madre, che potrebbe essere una bambina. O una romantica donna inglese, quella esasperata da un Enrico Montesano in bianco nero negli anni Settanta. Immagini ancora dalla mia, d'infanzia. Valentino allunga il collo e lecca/ bacia il bambino tra la spalla e il collo.

— No no no!

Mi alzo nel dirlo, ma il bambino non si è mosso e la madre non fa una piega.

— Quanto pesa? — chiede l'altra con il passeggino. — Quarantacinque chili, più o meno.

— Ma neanche tanto.

— È tanto pelo. Quando si bagna si vede che è magro.

— Che bello — ripete la madre del bimbo, il quale deve aver finito la curiosità perché lascia la sua postazione davanti a Valentino e parte per andare verso un'altalena, a dieci metri dietro di noi.

— È un pastore, vero? — chiede la madre del neonato.

— Sì, guarda le mucche. Le tiene insieme, non le fa scappare. Sono quelle che fanno il brie. Se mangiamo il brie è merito suo...

Sono davvero magre, ma non sorelle, sono troppo diverse, avranno solo abitudini simili, sana alimentazione, stessa palestra. Sono le finte magre, come Nora. Fosse stata qui, avrebbero conversato anche in inglese con le due mamme. Già me la vedo e sento, e io qui che mi godo tutto da spettatore. Ma io non sono in grado di trattenere uno scambio che superi i due minuti e così imito il mio cane, faccio il pastore.

— Guardi che il bambino è andato di là da solo...

— Sì sì, è andato ai giochi — mi risponde, senza nemmeno cercarlo con lo sguardo. Si rivolge invece alla sua amica inglese, l'argomento è Valentino, lui lo intuisce, perché trattiene la voglia di seguire il bambino ai giochi. Anche Nora sarebbe stata una madre molto inglese, poco apprensiva. Più mother che mamma.

Sono stati quattro. Il primo nel 1983. Non eravamo ancora tossici, eravamo solo allegri. Siamo andati in una clinica privata vicino a San Siro un pomeriggio. Ci hanno chiesto, ripetutamente, se fossimo sicuri, noi eravamo così sicuri che la domanda del tipo ci sembrò assurda. Appuntamento il mattino dopo, raschiamento. Alle due e mezza eravamo a casa.

Il secondo circa un anno dopo, in Brasile, in uno dei viaggi della roba, ci siamo stati un anno e mezzo. Non ricordo altro. Quella permanenza è una bolla. Ci provo, ma niente. L'aborto è lì, non lo dimentico, ma resta un fatto, senza particolari: solo didascalia.

Nel 1987 a Pantelleria, quando eravamo decisi a smettere. La Pantelleria che adesso mi aspetta, in questo déjà vù che comprende anche l'amico di sempre, l'orso Tony, che da allora lì è rimasto perché lui si decise e smise. Nora e io andavamo d'alcool, a ripetizione. Per smettere con la roba dovevamo bombardarci d'altro, cambiava la sostanza ma restava l'ostinazione. E infilare il goldone o tirare fuori l'uccello un momento prima di eiaculare richiede riflessi che un ubriaco non può garantire, alla lunga. Così Nora rimase incinta. Eravamo delle merde, ma fertili... Fertili, cazzo... Anche quella volta non ci facemmo domande, non valutammo la possibilità e il dubbio. Ci sentivamo inadatti senza nemmeno dircelo. Facile pensare che ci volesse coraggio per tenerlo, ma il coraggio era nello scegliere l'aborto. Eravamo tenaci, vicini, ma sfiniti come stracci. Tenerlo sarebbe stato vile. Lei e un'amica che sapeva dove andare hanno preso la nave e sono state a Napoli tre giorni. Mi raccontò solo che era stata la "solita storia".

La più orrenda l'ultima. Sì, a Saman c'era sesso libero, Cardella aveva fatto il primo grano con il porno ma la regola numero uno era il preservativo, sempre e comunque. Nora e io lo usavamo ma quella volta la disubbidienza ebbe la prova.

— Avete trasgredito e adesso non vi diamo una lira, ve la smazzate da soli!

Questa cosa ci successe dopo una lunga militanza, un medio grado gerarchico, ma a Saman bastava un niente per sprofondare. E queste non erano le regole bastarde del push, quelle costruite apposta per tenerti al pelo o farti cadere: erano la sopravvivenza della stessa comunità, e quindi inesorabili. Io chiesi a Nora cosa volesse fare. Era la prima volta, delle quattro che feci la domanda che le lasciava la facoltà di decidere anche per me. A lei, mi affidavo. Eravamo in discreta salute, anche se un po' scollegati dalla vita promiscua di Saman e dai diversi ruoli. Nora era in carriera, io una specie di sergente maggiore che annusava privilegi e sentiva la forza di volontà dopo cinque anni di larva umana. Ma dormivamo comunque insieme. Sempre, nella stessa stanza.

— Marcello, ma ti sei bruciato il cervello? — rispose secca. Mi sentii offeso dal tono.

— Non lo so... Dico, che se ti va, per me possiamo anche pensarci...

Nemmeno provarci, dissi: pensarci. L'ho rimasticato per mesi questo dialogo, l'ho stampato in memoria, insieme ai sensi di colpa di varia natura. Ribattei da insicuro, e lei meritava un'imposizione. Perlomeno, quella l'avrebbe costretta a dubitare.

— Ma davvero lo vorresti tenere? — aggiunse, scrutandomi con una sfumatura di derisione. Non ero più in grado di sostenere la mia apertura né la sua sfida. Dalla provincia abbiamo preso l'autobus per Trapani, e da lì, per Palermo. All'Ospedale la pratica, con le domande di rito alle quali rispondemmo con due monosillabi, due "Sì" sgonfi, dimessi, senza l'energia di quelli che pronunciammo nel giorno unico e meraviglioso del nostro matrimonio spagnolo. Ci dissero che l'attesa sarebbe stata di tre, quattro ore e uscimmo da quei corridoi dove i nostri silenzi puzzavano di alcool etilico e mattonelle azzurro pallido. Saltammo un bar che ci sembrava troppo di lusso per le nostre tasche e tornammo alla stazione degli autobus. Al baracchino prendemmo due pizzette rancide, la pizza più vergognosa della mia vita. Eravamo anche noi rancidi, incazzati e frustrati, e le poche parole che ci dicemmo riguardavano Saman, sul come ci avevano trattato: declassati e pure separati. Dalle stanzette private ci avevano rispedito al dormitorio e al bagno in comune. A Saman facevano queste cose: ti sentivi comodo, in discesa, e invece trac!, ti rimandavano all'inizio. Ma oggi so che eravamo incazzati e frustrati soprattutto perché nessuno dei due aveva avuto il coraggio di osare. E anche se muti sull'argomento, scaricavamo nell'altro la mancanza di coraggio. Quella volta non siamo stati capaci di trascinarci.

Il bambino che ha preso senza batter ciglio la baciata di Valentino sta cercando di salire lo scivolo dalla parte sbagliata. Lo guardo e faccio il tifo per lui.

Dalla parte sbagliata, ci stavamo arrampicando anche noi, dopo la chiusura dell'Ocean Cafè e del negozio di Nora. Puntando ancor alla Spagna, a Jávea, in provincia di Alicante. Una zona dal turismo più familiare, scogliere al posto di spiagge infinite, giorno al posto della notte.

Ci abbiamo vissuto un anno, sondando il luogo per la nostra attività di ripartenza. L'idea che avevamo rimandato di sedici anni, per la folgorazione con quel Diablo notturno, era lavorare in una specie di caffetteria piccola, da portare avanti solo noi due, che tirasse giù le serrande prima dell'imbrunire. Era la volontà razionale, che non siamo mai riusciti a raggiungere. Perché il destino soffiava verso la

Martesana.

Un piccolo bar, poco più che un chiosco, che Nora trovava rifinito bene, ci convinse. Il padrone vendeva per andarsene in pensione. Definiti i dettagli dall'avvocato ci diamo appuntamento la mattina dopo per il passaggio del denaro e prendere le chiavi. Eravamo contenti, decidiamo di fare un bel bagno per festeggiare. A Nora non piacevano le sedie e mimava la forma di quelle che avrebbe voluto comprare seduta sopra un uno scoglio, mentre io cercavo un punto dove immergersi, e per farlo bene mi pulii gli occhiali sul lembo della maglietta dell'Ocean Cafè. Ne avevamo quattro a testa, io mettevo solo quelle nere con la scritta bianca, lei quelle bianche con la scritta nera. Indicò prima lei il punto d'immersione e io la seguii. Parlava ancora delle sedie, quando il piede scivolò così veloce che sembrò che lo scoglio fosse scomparso, e il ginocchio colpì violentemente la roccia. Un urlo triste, di bambina delusa, più che di dolore. Tempo pochi minuti e il ginocchio si gonfiò. Non riusciva a piegarlo nemmeno di un centimetro. Lesione al legamento, disse la diagnosi al Pronto Soccorso. Antidolorifici e due notti dentro. Due mesi di stampelle. Tornammo al piccolo bar appena usciti dall'ospedale, anche se non avremmo potuto far partire tutto con Nora alle stampelle, ma l'uomo aveva già venduto. Ci ripassammo spesso, nei mesi successivi, contenti di vederci sempre poche anime. L'altra occasione era un ristorantino a un angolo della passeggiata sul mare. Il prezzo chiesto comprendeva le mura e ci sembrò un affare. Pochi metri fuori c'erano due belle aiuole, abbandonate a se stesse, ma non di proprietà del locale. Nora ci fece un progettino, con tavolini e ombrelloni, garantendo che in cambio le avremmo curate. All'assemblea del condominio, o che diavolo fosse, non ci fu discussione. No, su tutti i fronti. Dire un "No" secco a Nora significava perderla per sempre.

L'ultimo colpo mancato è stata una caffetteria-panetteria-pasticceria. Lui era un irlandese pieno di tatuaggi, sul braccio aveva quello di una squadra di football di Belfast che Nora si accorse era lo stesso che aveva disegnato sulla maglietta. Quando finalmente decidemmo per un sì, provammo a telefonare ma non rispondeva nessuno. Il giorno dopo andammo direttamente al negozio. Chiuso. Finalmente lo rintracciammo al cellulare: era all'ospedale, operato allo stomaco d'urgenza. Eravamo a metà luglio, la stagione stava scemando e sfumava l'ultima possibilità di ricominciare da Jávea, Alicante, Spagna.

I primi di agosto una cugina lontana di Nora chiamò per avvisarla che la zia novantenne era caduta e continuava a chiedere di lei. Voleva Eleonora. Questa cugina non aveva ganci ereditari, si trovava in Sardegna, e sapevamo entrambi che più della volontà poteva l'interesse. Partimmo in tre, Valentino con il pelo rinnovato, per accudire la zia, e passammo l'estate finale in Valtellina: al fresco, passeggiando, pranzando e cenando bene, con riposino pomeridiano. Quando la zia si riprese, la riportammo a casa sua a Firenze. Nora trovò una badante e organizzò tutto come sapeva. Quel mese siamo stati felici, nonostante avessimo perso quello che avevamo, e mancato quello che speravamo. Avevamo dato così tanto, in termini d'azione, di progetto, di aspettativa, che eliminare tutte le ansie in questo down beat senza sorprese, quasi contemplativo, ci appagava.

Una situazione simile l'abbiamo vissuta nel viaggio che abbiamo fatto prima di iniziare la sessione di chemio. Dopo una puntata a Firenze, in cerca di cure alternative che potevano essere solo di supporto, anche e soprattutto psicologico, abbiamo trascorso una settimana al Monastero buddhista di Pomeia, in provincia di Lucca, famiglia completa, in una pace assoluta per prepararsi alla guerra.

Nora e io siamo stati sempre bene, insieme. Ci siamo bastati, pur portatori come tutti di un buco interiore, chi più profondo, chi meno. Io l'ascoltavo molto, lei amava la mia attenzione, e leggevamo ovunque, vicini. Ci addormentavamo nel pomeriggio quasi nello stesso istante, poggiando il libro di fianco, sul pavimento. Ho tenuto miliardi di parole da parte, hanno sedimentato nella mia immaginazione, parlando poco non ne sprecavo. Il collegamento tra la lingua e il pensiero non è mai stato diretto, ho sempre sentito molto di più di quello che ho saputo dire. I primi di settembre eravamo ancora a Jávea, altri cinque mesi di perplessità fino a ritorno definitivo, nel fatidico febbraio dell'anno scorso a Milano.

Sono tornato a casa senza cane. Valentino resterà una settimana da Filippo e la sua compagna Sara. Lo tratteranno bene, lo vizieranno anche, come fanno i nonni o gli zii con i nipotini. Quando il tempo è breve si può esagerare in attenzioni. Io soffro il distacco, certamente più di lui, e questa è la prima notte che dormo solo in casa. Ho l'aereo domani a mezzogiorno, sarò a Tarifa nel pomeriggio. Al rientro, devo decidere per il trasloco: quando la primavera comincerà, io sarò con lei o non sarò più.

Prendo la piccola urna di legno chiaro con la targhetta dorata che recita le date estreme di Eleonora Silvia Maria Vernetti. Sembra una tomba in miniatura e dentro ci sono le ceneri che mi hanno consegnato al cimitero di Lambrate dove Eleonora è stata cremata. È stato il primo e unico ritiro di polvere che non devo né vendere né farmi. Sono due sacchetti di plastica chiusi con il fil di ferro tipo quello delle confezioni delle gallette: immaginavo che la cenere fosse un miscuglio di colori, un cocktail, invece è grigia anche quella di Nora, come tutte le ceneri, anche se ha dei piccolissimi puntini bianchi. Potrebbero essere le ossa, ma non ho fatto domande alla consegna e l'idea di controllare l'informazione su google l'ho dimenticata subito.

In casa c'è un silenzio che non ricordavo, eppure Valentino stava spesso a cuccia, tranquillo. Chiudo gli occhi. E sì, manca il suo respiro, quel pompare stretto, affannato, dopo una delle sue agitazioni, ma anche a riposo. Come una scansione del mio tempo, il ticchettio della presenza viva.

Con un cacciavite a stella tolgo le quattro viti che sigillano la base dell'urna. Prendo i sacchetti e li appoggio sulla scrivania di fianco alla sua piccola foto incorniciata. Un bianco e nero antico, grande come un pacchetto di sigarette. Ha diciotto anni, sua madre sta morendo, le labbra carnose piegate in un broncio, gli occhi che chiedono spiegazioni che non accetteranno. È bella, e offesa, e non capisco perché io sia qui e non lei. Quel senso di colpa che mi era sembrato di non meritare bussa sul vetro degli occhiali... Mi sento insignificante, e inutile, di fronte alla foto che testimonia l'esplosione della sua giovinezza e le sue ceneri. Immagino Nora che vola via. Me lo chiese ormai quasi un anno fa, quando venne fuori la presenza di qualcosa di strano, ma avevamo l'illusione intatta.

— Se per caso dovesse succedere l'irreparabile voglio essere tutta vestita di bianco, cremata, e le ceneri le devi spargere nel mare, davanti a casa nostra, sulla spiaggia di Tarifa.

Marcello... Me lo prometti?

— Ma cosa dici? Ma smettila. Mi dà fastidio parlare di queste cose. Comunque va bene, ora che me l'hai detto, lo so...

— Non voglio funerali, Marcello, con tutti che camminano tristi... Voglio i pochi che contano, ok, Marcello? Quando diceva "Marcello" a ogni frase cercava di scolpirmi nella testa qualcosa.

Non abbiamo fatto nessun funerale. Lei aveva solo una parente che sarebbe morta qualche giorno dopo di lei oltre a quelle che tifavano contro. I miei due vecchi e mia sorella accettano tutto. Hanno pianto con me, durante i pranzi domenicali. L'incontro con don Pietro è stata l'unica cerimonia che posso definire ufficiale. Sono contento ci sia stata. Mi sentirei colpevole di qualcosa, se Nora fosse andata via senza un gesto, un affido, non so nemmeno io cosa, ma non può bastare la cenere.

19

Lascio i due sacchetti sul tavolo. E intanto mi cucino qualcosa. Nel frigo non devo lasciare niente e ci sono dei pomodori perini, biologici, perfetti, che mi chiamano. Un sughetto fresco e rapido, con due maccheroncini, molto terroni. L'acqua a bollire. Il cipollino tritato finissimo, che deve quasi sciogliere, in padella. Ci lacrimo sù e decido che non posso lanciarle tutte, le ceneri. La faccio sporca, Nora mi perdonerà se ne lascio ai posteri una manciata. La cipolla è pronta ma le lacrime vanno ancora, sono diventato incontinente, sarà anche perché senza Valentino in casa non devo più nemmeno trattenermi per decenza. Questo viaggio a Tarifa mi spaventa, ho paura di non farcela. Ma la paura si può risolvere: Valentino è al sicuro da Filippo, a me basterà trovare il coraggio di seguire le ceneri di Nora.

E improvvisamente l'immagine di quel sacchetto mi si sdoppia, vedo come da ubriaco: da una parte inquadro la polvere Nora e dall'altra una equivalente, di bianca eroina... Cazzo, erano anni che non avevo pensieri che comprendessero la roba, non ho più nessuna attrazione o rimpianto per lei... Però se ne avessi un grammo, adesso, lo appoggerei vicino alle sue ceneri. Non faticherei a trovarne un po' nemmeno oggi... Al ritorno potrei lasciarmi morire dolcemente con l'ultima pera, che sarebbe la prima senza di lei. Un ultimo paradiso per raggiungerla all'inferno.

Getto i pomodori interi a sbollentare, li osservo a mollo, scaccio il pensiero dell'ex tossico che si suicida con l'ultima pera, devo prima finire delle cose. Mi basta giusto un minuto per evitare che i pomodori si carichino d'acqua, così viene via bene e intera la pelle, lasciando quella carne rossa e viva che faccio a piccolissimi pezzi e poso sulla cipolla che freme. La buccia dei pomodori quando cago me la ritrovo come inserto dei miei stronzi. Significa che non è adatta al mio metabolismo. Intanto che vanno sugo e pasta faccio l'operazione. Apro i sacchetti, ne lascio circa un quartino dentro e ripongo l'urna sotto il comodino. Il resto della polvere lo metto in un altro cellophane doppio, lo avvolgo in un paio di pagine del settimanale del Corriere e lo infilo dentro una bustina di stoffa delle scarpe da flamenco di Nora.

Tutto in fondo al trolley. Prenderò l'aereo con le sue ceneri. Dieci minuti ed è pronto. Nell'attesa mi incanto a guardare l'azzurro vibrante e intimo della fiamma bassa che regala al sugo minuscole bolle. Il padre di Nora ha usato il gas. Avrà chiuso la finestra del balconcino... E lo faccio mentre lo penso. Poi anche quella che dà sul corridoio... Ed eseguo anche questa chiusura. L'ambiente è praticamente isolato. Guardo la barretta di metallo verniciata di rosso che segna che il gas è aperto, e le manopole dei fornelli a riposo, meno una. Queste però sono moderne, non stanno accese senza fuoco, il gas esiste solo nella fiamma. Come io esisto solo in Nora... Dovrei staccare direttamente il tubo del rifornimento e lasciarlo libero di soffiare come una brezza amica.

Mi sdraio per terra, ai piedi del tavolo. Respiro come ho fatto sulla panchina al parco Lambro, profondo, con gli occhi chiusi, e provo a immaginare l'odore del gas, la sua consistenza che mi si infila nelle narici, passa dai polmoni, mi riempie la pancia, e poi esce... Sembra facile, lasciarsi morire usando il gas, forse ancora più dolce di una pera.

Un moscone mi si posa sul pollice del piede. Lo scuoto, lui si stacca e tenta di fuggire dalla finestra chiusa della cucina: vola facendo una parabolica nella stanza poi punta dritto verso l'orizzonte e sbatte sul vetro. Mi alzo con fatica, vado ad aprirgli, ma lui ha cambiato direzione, non capisce, l'aiuto, e aspetto, questa è l'unica strada per volare via. Infatti ritorna e mi passa a un palmo dal naso ondeggiando con un volo appesantito, ma non per il gas, è la paura della prigionia. Per le sventole che ha preso contro il vetro che fermava la sua liberazione. Finalmente supera la ringhiera del balcone e scompare.

Le mosche. Morivano come mosche. Li vedevo dimagrire, dimagrire, e crepavano. Il virus, era più o meno il 1985, aveva cominciato a falciare. Di compagni di spada rimasti mi vengono in mente i soli Tony e Filippo, il credente. Gli altri sono saltati tutti. Nora conosceva l'esistenza del virus già dagli inizi delle nostre pere. Non si capiva bene che cazzo fosse questo AIDS, ma le precauzioni Nora le aveva chiare. Potrebbe essere stato un dottore sudamericano, durante il suo primo viaggio da sola, a spiegargli qualcosa di questa nuova epidemia. O forse una pubblicazione più occidentale procuratagli dal padre. Sicuramente ha potuto la predisposizione di Nora a capire e a drogarsi. A me interessava lei, e tutto quello che si potesse fare con lei, e non davo troppa attenzione alle fonti. Era Nora la mia fonte. — Lo sai Marcello che l'Aids si è originato a partire da un virus di alcune scimmie africane... — Mi aveva spiegato l'origine animale di molte malattie epidemiche, ma è l'unica che adesso ricordo. Scimmia è il titolo di una canzone di Finardi, quasi una pagina del diario di chi è stato tossico vero, didascalica e cruda, senza la poesia dell'*Heroin* osannata da Lou Reed: quest'ultima si ascolta da fatti, quella di Eugenio per non farsi. *Scimmia* è anche l'astinenza, che arriva dal romanzo di William Burroughs

La scimmia sulla schiena, per quel dolore alla schiena e la sensazione di avere un peso sulle spalle, ma a me la scimmia ricorda di più un tossico ben fatto, per come si passa la mano sulla faccia, sugli occhi, nervoso, compulsivo... Anche l'effetto della pera è un ritorno a un limbo primordiale, a un essere beato senza domande sul futuro come il nostro antenato. Solo l'esistere, avvolto, soddisfatto.

La prima volta che parlammo delle regole anti-Aids, per renderle più incisive me le scrisse, rigide, precauzionali. E io ero felice, la vivevo come una cosa solo nostra, un segreto, perché non era facile parlarne tra tossici: aumentava solo la paranoia e ci si fa apposta per eliminarla. Solo quando l'Aidiesse ha riempito i telegiornali, sono iniziati i controlli volontari e a tappeto. Quelle che oggi sono scontatissime regole, allora erano rivelazioni. Non usare una spada già utilizzata e mai toccare il sangue di un tossico, detto come se noi non lo fossimo. O di un omosessuale. La saliva non c'entra, ma la paura era enorme, "un incubo riuscito", direbbe il principe De Gregori, e ci sono i taglietti nella bocca, e che ne sai? E così Nora baciava appoggiando solo la guancia su guancia. Fumava dal filtro in comune, dalla canna allo svuotino di roba, tenendolo tra indice e medio, dita infilate in bocca come quando tenti di vomitare, e aspirava senza sfiorare. Culo strettissimo. Era sprezzante verso i compagni bucaioli, questa distanza, ma si univa alla sua fama di snob e intellettuale, e quindi faceva parte del personaggio. Ovviamente io che mi accoppiavo con lei dovevo seguire le stesse regole e le seguivo. Seguivo le paranoie senza paranoia. La più importante era il mai fare sesso con qualcun altro a parte noi. E questo ci stava, ci piaceva dircelo, avevamo pure la giustifica del dottore. A Saman c'erano solo preservativi e sigarette, e nelle mie scorribande extra e mattutine bastava allungare un braccio per trovarne uno. La sigaretta dopo, post coito.

La ripetizione dei gesti e delle attenzioni era diventata normalità, era come lavarsi i denti la mattina e la sera: lo fai, ti viene, non puoi dimenticarti. L'ossessione dà risultati.

Abbiamo fatto entrambi l'epatite A e B, a quelle non scappi mai, per un tossico sono malattie obbligate come la varicella e il morbillo. Ma non terrorizzano. I miei due amici sono asintomatici, il virus dell'HIV non si replica più, le cure adesso sono toste, lo addormentano, so che Tony ha valori altissimi di CD4 e il CD8, un livello di anticorpi ottimo, da persona normale, ci tiene sempre a darmi il bollettino quando ci sentiamo. Ci crede, è zelante, ligio alle medicine e ai controlli, però a ogni raffreddore, febbrina o mal di gola va in crisi, questo è inevitabile. Sono sempre le vie respiratorie che mettono la strizza.

Nora e io abbiamo fatto le analisi da subito, e reagivamo senza troppo entusiasmo nel ritrovarci sani, tra virgolette: era normale per dei preventivi assidui. E da strafatti non manifesti altra gioia al di fuori di lei.

Faticavamo a farci insieme a chi sapevamo fosse sieropositivo. È orribile a dirsi, ma l'atmosfera era da epidemia lebbrosa. In realtà ci siamo bucati in gruppo, anche con chi non lo confessava. Tutti erano sieropositivi, noi no. Anche se ho una foto dell' '85, che non posso guardare e che invece guardo spesso. Sono scavato, sofferente, eppure senza emozioni evidenti... Sono pronto a morire, perché non si immagina nessun altro futuro in quello sguardo. Sono sopravvissuto grazie a Nora. Lei sapeva di andarsene prima. Il ruolo che ha scelto per me è quello di testimone. Chi resta racconta. E poi?

20

Protection dei Massive Attack è stato il mio cavallo di battaglia, agli inizi dell'Ocean Cafè, quando la musica ho cominciato a metterla io, portata dritta in valigetta dalla vibra milanese. Facevo girare le sette compilation di *The rebirth of cool*, i Portished di *Dummy*, e Jazzmatazz, che il povero Guru è morto anche lui, va beh. Poi l'acid jazz di Galliano... Il filone di Bristol, il dub, era quella cosa là. Ancora adesso mi sembra la più bella musica che si possa ascoltare con un bicchiere in mano. O in mezzo a una pista.

Il dj storico dell'Ocean Cafè è stato Pedro. Si è presentato al bar che era il '97. Eravamo diventati già piuttosto famosi, ce n'eravamo accorti quando un ragazzo inglese ci disse che a Londra i suoi amici dicevano che all'Ocean di Tarifa sembrava di stare in Inghilterra. Quella musica in Spagna la mettevamo solo noi. Non poteva essere vero, ma era bello crederci.

Venne un ragazzo di una rivista olandese.

Era stato a Tarifa dieci giorni e per dieci notti aveva fatto colla con il bancone, gomito fisso sugli inserti di madreperla sotto vetro, luccichio riflesso che mi teneva acceso. Poi era tornato per intervistarci. Parlava soprattutto Nora, e nelle sue risposte, professionali e appassionate, fluttuavano l'oceano, il vento a palla, i continenti che si sfiorano, la migrazione, non solo di uccelli ma anche di varia umanità da tutta Europa... E lo stretto a uno sputo, la notte fino all'alba, e quella musica che a Milano o a Londra sentivi ovunque ma in Spagna e soprattutto in Olanda faceva tanto "alternativo". Una musica sorretta e spinta dai bassi. Il basso ti massaggia la pancia, ancora più che al cuore. E devi muoverti. Il ragazzo decise di registrare. La prosa di Nora era già scritta e selettiva. La sua intervista non aveva bisogno di grande montaggio. Poi ci fu il "Pais", pagina intera su Tarifa come meta estiva e l'Ocean Cafè che occupava uno spazio grande come la mia spanna. L'avevo messa sopra il giornale, la mano aperta, quasi per catturare quella zona nostra, o proteggerla. Quindi si presenta Pedro, da Siviglia, avrà avuto ventitre anni, ambiguo, per Nora era frocio. Non si è mai saputo. Non ci si accorgeva di una sua attenzione, di un suo sguardo che nascondesse un desiderio verso un essere umano, niente. Era la musica, e la massa che si muove per la sua musica, l'eccitazione. Un narciso totale.

Per Nora i maschi erano quasi tutti mezzi

froci, aveva questa fissazione. Non è un'insi-
nuazione che mi abbia mai lanciato e spero mi
considerasse in quella bassa percentuale dei
quasi, ma visti i suoi attaccamenti alle amiche che diventavano sorelle mancate, potrei
supporre che sentiva la sua sfumatura lesbo
e quindi per equilibrio naturale i maschi dovevano averla gay. Comunque Pedro era pur
sempre il dj e qualche gallinella si avvicinava
alla consolle, ma spenta la musica lui scompa-
riva, come dopo un turno di lavoro l'operaio
non si ferma a stemperare, a far comunella,
ma vola rapido a casa. Era secco come l'ago, e
frigido come lui. Però aveva ostinazione e talento. Conosceva la sua strada, Pedrito.

I primi giorni che arrivò a Tarifa, si presen-
tò al locale una settimana di seguito: si piaz-
zava vicino a me alla consolle e diceva "Bello
questo... Bello quello..." indicando copertine,
elencando titoli e gruppi. Annusava, si arruf-
fianava, dimostrava di conoscere la materia.
Fino a quando si decise e mi passò una cassetta audio, un oggetto che il mio iPhone guar-
derebbe con compassione. — Ascoltala — mi
disse, — e se ti va, fammi provare, anche gra-
tis, una volta.

Gli ho detto subito: — Vieni domenica prossima e ti metti qua... Avevo voglia e bisogno di
una serata libera.

Pedro non se n'è più andato. Portava tutto
lui. Spendeva in dischi e CD la metà dei soldi
che gli ricompensavo, ed erano tanti soldi. In

più gli davo la casa. Però riempiva il locale. Ci facevamo comodo a vicenda. Era preciso, sapevo che mi potevo fidare. Seguiva il flusso, annusava il clima, o lo guidava, le due cose si confondono: c'era una totale sintonia tra la sua musica e la fauna del locale.

A cavallo del Duemila, l'Ocean Cafè era una bomba e Pedro il dj numero uno di Tarifa e dintorni. E lì ha cominciato a fare la star. Il ragazzo con la cassetta audio della prima volta cominciava a rompermi i coglioni. Si incapricciava, teneva i due mega monitor vicini come le orecchie di un elefante sempre a palla. Non accettava di tenere il volume più basso. Noi avevamo una mezza licenza per la musica, una formula poco chiara, e così prendevamo un sfilza di denunce. Passavo le serate a dire — Pedro abbassa... Pedro, abbassa... — E non è che io fossi sobrio, sbirro, lucido... Ero anche io parte della fauna che si faceva pompare, esaltare dal loop di quel bastardo. Continuavo, come si fa con i bambini piccoli, a dire di smettere di giocare con la palla in casa. Lui nascondeva la palla, e quando io ero riassorbito dal mio ruolo nel seguire la movida interna, nel brano successivo sparava fuori i decibel di troppo.

Solo quando entrava la coppia di vigili con il manganello, che battevano a tempo sulla mano sinistra, come fossero due dei Village People, Pedrito si faceva umile e abbassava davvero. Una volta sono usciti e tornati dopo cinque minuti, e quel pirla aveva ripreso a scannare, felice che lo sbirro di turno avesse già fatto la sua ronda. Il più piccolo dei due, lo ricordo bruno e beffardo, andò dritto al mixer, staccò con buona conoscenza i primi due cavi, poi aiutato da Pedro, dopo un mio cenno (ero colpevole e recidivo, e accettai la sortita) liberò il resto dei contatti e lo mise sotto l'ascella dicendo che sapevamo dove andare a riprenderlo. Io avevo la scorta, salutai il mio mixer sapendo che non l'avrei più rivisto. In quei casi era comunque sempre Nora ad andare negli uffici dei vigili o dal vicesindaco a firmare, per accomodare. Io la mattina non riuscivo ad alzarmi, figuriamoci a trattare. Nora riusciva invece a trovare sempre il tono necessario. All'inizio, quando c'era il sindaco ragionevole pagavamo un multa, un pizzo finale, un annuale forfait. Arrivato il sindaco socialista non furono nemmeno più multe, ci chiudevano direttamente. Ci hanno serrati più volte per rumore. Ho questa foto del portone dell'Ocean Cafè, sul giornale locale in prima pagina, con il cartello "Esta calle es una rovina...". Chiusure che si ripetevano, di due, tre, sette giorni...

La multa più esagerata e non pagata è stata di 1200 euro. Nella piazzetta davanti all'Ocean Cafè un tipo sui trenta stava compilando un blocchetto. I ragazzi aprivano prima, io arrivavo alle 23.00, per la ruota che finiva alle quattro e mezza. Mi dicono che è un poliziotto in borghese, e che ha visto un tizio che si faceva una canna dentro il locale. Mi avvicino, puzza d'alcool dolce, ogni tanto fa dei clic con un lato della bocca, e col naso dei grugniti muti. È anche pieno di bamba: ubriaco, impizzato e sbirro. Il peggio. Mi parla a raffica, incazzato come se avesse scoperto un arsenale nel ripostiglio. Con delicatezza, usando la mia manfrina meridionale, gli dico che non posso controllare tutto, il locale è grande, faccio il barman, non il poliziotto. Si incazza ancora di più, lui che fa il poliziotto e non il barman. Mentre parla sputa, io smetto la preghiera di clemenza e dico ok, tanto non la pagherò mai. In Spagna puoi fare ricorsi che vengono presi sul serio. E Nora li sapeva fare.

Arrivavamo dagli inferi e ci trovammo immersi in un successo imprenditoriale. Come sia potuto succedere me lo chiedo giusto adesso che non ho più molto da fare. Il successo dell'Ocean Cafè non era solo nella musica, che mi sono trascinato da Milano in modo spartano, e che dj Pedro ha spinto alla sua massima espressione, erano anche i cocktail, perché prima di noi a Tarifa si potevano calare giusto un paio di beveroni mischiati senza misura. E usavano i bicchieri alla cazzo. Per esempio bevevano il whisky nel tubo, che non puoi nemmeno infilarci il naso per sentirne l'odore. Con noi, invece, tutti bicchieri esatti. E il Gin Tonic, il cocktail elementare e perfetto, servito nel bicchiere enorme, tanto ghiaccio, scorza di limone, bordo del bicchiere struscia-

204

to che ti rimane in bocca e nel naso quell'aspro stretto. Caipiroska e Caipirinha con varianti ad angurie, zenzero e melone, elaborazioni di gusto con tanto di scenografia, e attenzione del servire, che è ritmo pur mantenendo una forma di gentilezza. Nora era il barman ideale per il banco: rapido, con le antenne, la parola giusta che non diventava mai conversazione, il sorriso caldo e la pazienza. Lo stile milanese colonizzava la frontiera europea. Milano ce la portavamo dentro. Hai voglia a scappare... Al cocktail di successo che si traduceva in un bel flusso di denaro contante ogni sera contribuiva anche l'ingrediente del boom spagnolo, stimolato dalla novità e dallo straniero in paese. Una bella dose di culo, insomma. I nostri clienti li abbiamo educati, posso pensarlo senza che nessuno mi smentisca. Me la suono e me la canto, ma sicuramente questo ha una sua verità, perché il pubblico cambiava, gli esigenti, come chiamerei i nostri affezionati, erano sempre più stranieri e tanti spagnoli del Nord. Maggio e giugno crucchi e inglesi, luglio francesi. Restava il blocco di quelli che venivano già dal vecchio Diablo a stordirsi come prima e più di prima, ma trovava sempre meno simili. È questo il movimento dell'evoluzione. Nessuna discriminazione, ma un ricambio naturale. Agosto faceva storia a sé. Spagnoli e blocchi di italiani. Gli ultimi anni il peggio. Compagnie di quindici maschi, che scendevano dalle periferie nostrane, ne ricordo tanti di Roma, che facevano i cori da stadio nel locale. Agosto dovevo ingoiare, l'Ocean Cafè cedeva un po' del suo stile milanese per colpa degli italiani.

Sparecchio e mi siedo sul divano per addolcirmi la digestione con un sassolino d'hashish. Però sento una chiave che si infila nella serratura e una voce d'uomo nel pianerottolo. Faccio tacere l'iPhone e sparire tutto lo sbriciolato dentro il pacchetto di tabacco American Spirit. Cazzo, un ladro. Non hanno visto il cane, pensano che io sia partito, sapevano, che io dovevo partire... Però la tapparella della cucina è alzata. Oppure sono gli sbirri. Cazzo... La chiave insiste nella serratura che non è la sua, e ora sento anche una voce di donna. — Forse ho sbagliato chiavi, ma è strano, non mi è mai successo... — ed è una voce già sentita, ora che sono dietro la porta e ascolto meglio. La conosco, quando chiede scusa la definisco, l'uomo dice un "non importa" scocciato, sento l'ascensore che apre le sue porte, e così giro veloce la mia chiave e c'è Nadia Sampieri, tutta vestita di nero, insieme a un tipo sui trenta dallo sguardo diffidente. Gli occhiali di Nadia e i miei restano almeno tre secondi incollati, prima che sia scelta una parola.

— Buongiorno...

— Buongiorno...

— Dev'esserci un errore, mio naturalmente.

Le porte dell'ascensore si richiudono. Fanno così, se non entri in fretta. Il tipo rischiaccia per aprirle.

— Sono curioso di questo errore... Si figuri che avevo pensato ai ladri...

Nadia Sampieri fa una risata muta, il tipo dice che deve riprendere il lavoro alle due.

— Cercate un appartamento? — chiedo.

— Sì, devo far vedere al signor Boschini un appartamento in affitto, ed ero convinta fosse questo, non capisco...

— Effettivamente io me ne andrò a fine mese da qui, forse ha sbagliato a scrivere il mese...

— Era l'appartamento dove viveva una signora molto anziana, che purtroppo ci ha lasciato da poco...

— Era la zia di mia moglie. Il signor Boschini ha infilato le due mani in tasca, e sembra che si tocchi i maroni.

— Vi confermo che l'appartamento che cerca è proprio sotto di questo, al quarto piano, ed è identico, credo solo che sia praticamente vuoto, a parte la cucina che è spiccicata a quella che ho io.

— Per forza che la chiave non entrava: ero convinta di essere al quarto piano.

Nadia Sampieri sembra sbirciare dentro, o forse è così guercia che le pupille vanno a spasso. Mi giro anche io, d'istinto, per vedere quello che vede lei. C'è il trolley in bella vista, gonfio e in posizione eretta.

— Il cane sta dormendo?

— Signorina, scusi, se l'appartamento è sotto, andiamo a vederlo... Devo tornare al lavoro — insiste il signor Boschini, che indossa scarpe con la fibbia dorata.

— Guardi, se vuole vedere questo, intanto...
La cucina è identica, e le mie stanze sono arredate con il minimo, — propongo.

— È vero, non le costa niente — dice Nadia.
— Un giro veloce potrebbe darle qualche suggerimento su come potrebbe essere migliorato l'appartamento.

L'uomo diffidente dice un "Ok" per sfinimento ed entra per primo, quasi spostandomi di lato: deve percepire il ruolo del terzo incomodo. E infatti comincia il suo giro dicendo "Posso?" e senza aspettare la mia risposta procede. Butta giusto un occhio alla sala davanti, Nadia lo invita verso le due camere dopo il disimpegno, ed entrambi si fermano un istante davanti all'altarino con i Chakra e gli amuleti di Nora. Quando entrano in camera da letto li seguo anch'io, e il lettone, guardandolo insieme a degli sconosciuti mi appare enorme. Nadia Sampieri ripete che l'appartamento sono sessantacinque metri quadri totali e aggiunge che il sole tramonta da questa parte, e sale dal balcone in cucina, dove si dirige. Noi due maschi la seguiamo come cani fedeli, lei schiude la finestra che apre sulle rotaie della stazione Centrale.

— Signor Boschini, guardi che vista originale dal balcone!

L'uomo guarda il panorama della stazione arricciando il naso all'incrociare di due biscioni in entrata e uscita dal tunnel.

— A me piace il rumore del passaggio dei treni — aggiungo.

— Comunque, il cane è dagli zii — rispondo a scoppio ritardato alla domanda che mi interessava.

— Parto per un paio di settimane e non potevo portarlo con me.

— Ah sì, e dove andate di bello? — mi chiede. L'uomo ci passa davanti e si dirige nel balcone opposto.

— Andiamo a vedere dove tramonta il sole — dice accelerando.

— Sì, apra pure, e non guardi quella mezza discarica che è diventato il balcone — rispondo, felice che si sia allontanato.

— Vado solo... Mia moglie è morta anche lei, come la zia, pochi mesi fa.

La ragazza magra lunga e nera spalanca gli occhi e diventa rossa. Si vergogna. Lei. Sto quasi per metterle una mano sulla spalla ma mi trattengo.

— Scusi, non sapevo...

— Come faceva a sapere? Ma non si preoccupi, sta passando, deve passare... Ora faccio come quei treni, parto per ritornare.

Mi giro e urlo all'uomo che i due balconi sono collegati e che si gira intorno.

— Vado a Tarifa, in Spagna, dopo Gibilterra. Conosce?

— No, mai stata. Bellissimo. Sull'oceano allora...

— Esatto, l'oceano. Ci abbiamo vissuto per

diciotto anni.

— Caspita. E perché siete tornati...? Ma no no, mi perdoni, non so cosa caspita mi prende. Mi prenderà per una poco professionale — si confessa a bassa voce la signorina Sampieri, forse perché l'uomo è sull'altro balcone e non può e non deve sentire.

— Perché? Non è colpa sua se sono un fresco vedovo...

— No, è che sto qui a sentire le cose private invece di fare il mio lavoro... Ma vede, questo tizio è un rompiballe, ormai lo so, e ci scommetto una caviglia che non ha nessuna intenzione di affittarlo.

Una caviglia. La cosa preziosa che si giocherebbe. Gliele guardo più rapido che posso: e sì, sono magre, con un tendine nervoso, adatte allo slancio, come quelle di Nora. — Per questo me ne frego — prosegue Nadia, — prima me ne libero, e meglio è. Così non perdo altro tempo. Sembra che faccia collezione di appartamenti visitati.

— Un guardone, unico nel suo genere.

— No no, mi creda, ne ho visti parecchi.

— Anche quando ci siamo incrociati l'altro pomeriggio, sembrava che al telefono avesse a che fare con una signora di quella pasta, per così dire...

— Sì...

Nadia butta le pupille in alto, a cercare il momento in memoria. — Ma sì, che lei aveva il sacco sulle spalle.... Perfetto, ricordo, era la compagna, infatti: sono uguali. Lui almeno parla poco, e fa alla svelta. La faccia dell'uomo spunta alla nostra sinistra, dopo aver fatto il giro intorno alla casa dall'altro balcone.

— Ok, grazie, per me possiamo andare.

— Sì, andiamo... Vuole vedere anche quello di sotto?

— Beh, certo, velocemente ma preferirei vederlo.

Io apro la mano e la tengo a qualche centimetro dalla schiena di Nadia, come per accompagnarla all'uscita.

— In ogni caso, questo è libero dal 21 marzo. Non so se sarà sempre la signorina Sampieri a occuparsene — aggiungo, quasi spavaldo.

— Certo, sicuramente, la signora ci ha affidato l'intera palazzina e me ne sto occupando io — conferma lei. — Le dico già che potrei lasciarle quel divano, le due piante che vede fuori, anche quel comodino basso, tutte cose che non potrò portare con me nella casa dove andrò, perché è molto piccola. È qui sulla Martesana dove finisce Zuretti e c'è la rotonda.

E nell'aggiungere questo particolare finale guardo Nadia Sampieri.

— Se vuole le lascio il numero di telefono.

— Non importa — risponde l'uomo di fretta, — nel caso c'è la signorina...

— Se vuole lo lascio a lei, per facilitarla, nel caso...

Mi rivolgo alla signorina Sampieri. Che arrossisce ancora. Traduco il rossore in un sì che non si può dire e aggiungo — Ma sì, tanto se le serve mi trova. Allora arrivederci.

— Arrivederci — risponde lei. L'uomo sillaba un saluto e, prima che le due scorrevoli combacino, Nadia Sampieri trapassa in un lampo le doppie lenti delle nostre miopie: la sua però è compassionevole e assassina, perché mi sento vittima di un movimento esagerato, un'emozione che non somiglia a nessuna di quelle vissute pericolosamente in questi ultimi mesi. Non c'è paura. Non c'è dolcezza. Non c'è ansia. Né amore. Si chiama desiderio, pura voglia fisica. E appena gli dò un nome, la paura si affaccia, sfocata ma riconoscibile.

La donna che ama i cerini. Il contatto brevissimo e ruvido che scatena la fiamma.

Avrà almeno trent'anni, una bellezza trattenuta, di quelle che non fanno voltare i passanti. Immagino la sua storia recente. Ha perso un treno importante, una storia lunga in cui credeva parecchio, perché è una donna impegnativa, che vuole rapporti esemplari, puliti e con il tutto condiviso, per arrivare a scoprire che il suo compagno ha cercato altrove sesso più rapido e giocoso. Riprendo a rollare la mia cannetta e aspiro pensando, non più a Nora, ma a Nadia: faccio una pausa dedicata a un'altra donna. Nadia Sampieri mi ronza nei pensieri come strofe di una canzone pop.

Mi illudo di aver intravisto nel suo sguardo una punta di vittoria. Mi illudo che sia contenta che io sia solo, e nel modo più definitivo. Non perché non sono stato capace di farmi amare, non perché sono stato lasciato, o perché ho lasciato: non coltivo nessuna sconfitta del rapporto. E in più non sono solo perché non amo le donne. Ma perché ho perso il soggetto del mio amore, qualcosa che nulla potrà più restituirmi, la metà di me, la metà dell'amore mio. Mi chiedo se sarei capace di reagire a un altro tocco. Sono passati almeno otto anni da quelle sveltine con Clara nei bagni dell'Ocean Cafè e nel posteggio. Ed è pure un ricordo che mi infastidisce. Nadia, poi, mi avrà visto bene, con le mie cicatrici? Non credo. Grazie alle mie passeggiate quotidiane e prolungate, da pensionato con il cane, sono bastati due giorni di sole freddo per rivitalizzare il mio bruno calabrese e addolcirne i segni, così antichi che per non scambiarli per rughe devi avvicinarti fino a sentire l'odore del mio alito. Oppure osservarmi la pelle come farebbe un'estetista. E Nadia vende case.

Ho sempre pensato che un'immobiliare sia l'ultima spiaggia, perché in giro non c'è lavoro ma la vetrina di chi vende case ha sempre un annuncio che cerca personale. Il maschio dovrà vestirsi da invitato a un matrimonio tutti i giorni, come se dovesse compensare una professionalità elementare con una forma superiore. Una donna può invece permettersi di interpretarla, la sua eleganza. Come Nora, che sarebbe elegante comunque, per natura. Nadia, volevo dire. Però gli occhiali potrei cambiarli. Eliminare questa montatura che mi fa più vecchio di quello che sono. A Tarifa c'è un negozio che li vende, anche se il padrone è un tipo di Cadice con il quale non abbiamo mai legato, mai fatto bisboccia. Di notte non si è mai visto in giro, e a Tarifa il giorno vale poco. Dovrei pagarli meno che qui. Non so, vedrò. Così se il destino vorrà farmi tornare e rivedere Nadia avrò uno sguardo nuovo, moderno. Sarà anche un gancio alla conversazione, con lei che condivide l'argomento. Riaccendo l'iPhone, e riparte Once in the lifetime dei Talking Heads che avevo stoppato a metà per l'arrivo dei ladri. Un altro pezzo che arriva dritto dai primi giorni con Nora. Into the blue again/ after the money's gone/ Once in a lifetime/ water flowing underground... Cantavamo solo il ritornello, insieme, quando arrivava, bello anche da stonare perché suona spensierato, ma non mi sono mai chiesto cosa dica e Nora non me lo ha mai tradotto. Lo chiedo adesso all'amico Google: Di nuovo nella miseria, dopo che i soldi sono finiti/ per una volta nella vita, l'acqua sta scorrendo sotto terra. Non posso più permettermi nulla di spensierato. Tutto sembra parlarmi del presente.

21

Telefono ai due amici più intimi: Gonzalo, l'argentino che ha lavorato da noi all'Ocean cafè da subito e fino all'ultimo, e la devotissima Flavia, la Sister che mi rifornisce di fumo via posta, e confermo loro che sto arrivando a Tarifa. Spiego ancora e meglio quello che voglio fare, una cosa per pochi, ci tengo che sia intima, quasi in sordina. — Non voglio lo spettacolino con tutto il pueblo a battere le mani — dico alla fine a Gonzalo, con un tono da indisposto. Come se me lo avesse proposto lui. Nora stravedeva per la personalità di questo argentino omosessuale. Gonzalo è una zia scatenata, eppure un leader carismatico. Organizzava una qualunque cazzata, rapidamente, e tutti lo seguivano, fiduciosi. Un maschio alfa può essere anche gay, ne ho la conferma. E parecchi etero avrebbero ceduto la loro esclusiva pur di essere tra i suoi preferiti.

Le femmine invece avevano occhi solo per Javier. Altro Argentino. Non sarà stato un maschio alfa ma conteneva le lettere dell'alfabeto che fanno rincoglionire una donna. Lo tenevo perché mi riempiva il bar di figa. Era maldestro con i cocktail, pure lento, troppo preso dal fare cinema, come si dice a Milano, ma non avevo e non ho mai visto una cosa del genere: il bancone era sempre occupato da una fila di donne, che si spingevano e sporgevano per farsi servire da lui. Io lo affiancavo, dovevo velocizzare, liberare il banco, la ressa era la regola più rispettata all'Ocean, chiedevo cosa volessero bere ma loro niente, "Espero Javier… Espero Javier". Alto, moro, capelli lunghi, non palestrato ma un fisico scolpito, che a Nora ricordava quello degli scalatori, l'essenziale in evidenza. Con lui, chissà, può essere, che anche lei ci abbia fatto un giro. Perché gli ho visto lanciare sguardi predatori nei suoi confronti. Sono quelli a parlare, molto più delle parole che confessava in mia presenza. "Che bono che è Javier!" per non nascondere troppo quello che sapevo già: l'effetto Javier valeva anche per lei. Mi piace pensare che condividere un maschio con le centinaia di giovani donne all'assalto fosse per lei umiliante. E quindici anni di differenza un'aggravante. Far parte dei trofei non era nelle sue corde. Però ci sono i momenti, e i momenti contengono le differenze, quelle che disfano, disintegrano qualunque analisi logica. Ora penso che se anche fosse, avrebbe fatto bene. Se invece non fosse, avrebbe fatto benissimo. Io sarò un maschio beta, al massimo, ed ero attratto da Mercedes, da Siviglia, l'altra figura fissa dietro il banco- ne dell'Ocean. Una tipa seria e divertente, che nel suo caso non sono un ossimoro: non si sa- rebbe mai prestata a tresche con me padrone e compagno di Nora, ma ha fatto divertire e s'è divertita. Chiuso l'Ocean è tornata a Sevilla e insegna in una scuola per bambini con proble- mi di ogni sorta, psichici e fisici. Sarà stata an- che questa sua sfumatura, predisposizione al darsi per una causa senza clamori ad attrarmi. O Lucia, from Cecoslovacchia, che in un solo anno di passaggio ha lasciato orfana la mia in- quadratura miope: una nordica dell'est con un fisico olimpico e uno sguardo difficile da so- stenere: un cocktail con tanto ghiaccio, uguali dosi di disprezzo e seduzione. La più scadente, esteticamente, ma anche come energia, è sta- ta Claudia, l'unica italiana che ha lavorato per noi. E non credo che sia un caso.

Gonzalo è stato prezioso, magari troppo preso dalla parte di animatore che si confonde con quella del padrone del luogo, l'altra faccia del dj Pedro, ma devo riconoscere a entrambi lealtà, parola che suona vecchia, pomposa, ma non ha sinonimi degni e resta unica. Il busi- ness ha bisogno di persone fedeli alla causa, che non abbiano interessi più urgenti, e chi non deve rispondere alla chiamata del prose- guimento della specie e alle sue impalcature ha una marcia in più.

Il nostro primo concorrente era il locale proprio sulla nostra testa: La Locura. I primi anni reggeva, noi eravamo ancora inesperti, stavamo collaudando, ma dall'arrivo di Pedro, da quando ho potuto pensare al bar a 360 gradi, lo abbiamo seppellito. Io monitoravo il rifornimento della stiva e il movimento degli umori in sala, in più mettevo paletti, regole al minimo, in stile andaluso, ma necessarie a prevenire lo sbracamento totale. Come mi soddisfa ripensare a questa sfida, e riconoscere che a Tarifa lentamente ci copiavano tutti, tutto. Il padrone della Locura era arrivato anche a proporre il doppio dei soldi a Pedro per salire di un piano. Un po' di palle, ci avrà messo, e un po' di viltà, per rifiutare: l'avremmo schifato in troppi, e qualcuno più scollegato l'avrebbe preso a schiaffoni. Avevamo un patto: lui poteva mettere dischi fuori dal suo orario, alle feste in spiaggia al tramonto indossando la maglietta dell'Ocean e infilando di fianco alla consolle la bandierina con la scritta: "Questa è la musica dell'Ocean Cafè." Ma la musica è finita, gli amici se ne vanno...

La decadenza del nostro locale è stata biologica, arrivata dopo dieci anni: per l'esagerazione di multe e di chiusure, perché Tarifa riempiva le mete turistiche e cresceva la concorrenza, per la crisi che al buon Zapatero è caduta sulla cabeza pesante e improvvisa. E in più la mia stanchezza. Me la sentivo.

Nora aveva già il suo negozio in stile Montenapoleone da cinque anni: i primi due senza

di lei al banco, ho retto bene, anzi mi sentivo più gallo, arrivavo carico d'energia, il virus
più contagioso che conosco, e quando c'era
quell'atmosfera da bar di periferia, quella distrazione col bicchiere in mano reagivo subito.
Non esistono brani e riti che funzionano sempre ma esiste un'alchimia tra i corpi e l'additivo che abita quei corpi, e bisogna trovarla,
quando latita. Mi scuotevo cercando di scuo-
tere. Salutavo con più entusiasmo, da ruffiano
meridionale forgiato a Milano. Suggerivo un
brano revival dimenticato, lanciavo un cocktail
inventato al volo. Rimescolavo la polvere che
si stava adagiando. Quando mi hanno tagliato
l'orario di chiusura, dalle 4.30 alle 2.30, la fa-
scia esplosiva, quella che raccatta tutto il vero
popolo della notte per catapultarlo in discote-
ca, ho accusato. Quando mi è stata tolta anche la licenza della musica ho ceduto. Al taglio
netto dei bpm sono crollato. Finita la benzina impalpabile, rimaneva solo quella alcolica.
Senza le armi migliori, quelle che tenevano a
bada la stanchezza con il groove, e la nostalgia
con l'incasso strepitoso, veniva a galla il sentimento che provavo verso quella vita che avevo
cavalcato per anni. Arrivavo al locale e pensavo già a quando me ne sarei andato a letto.

Ho detto alla mia benefattrice Flavia che
vorrei fare la cerimonia il giorno prima di partire, perché non me la sento di restare a Tarifa
subito dopo. Non le servono spiegazioni. Ha la
nostra età e gestisce il ristorante "Col Bacco",

dove abbiamo pranzato e cenato più volte che a casa. È colei che ci ha servito cibo per diciotto anni, il gesto che racchiude la parola famiglia. Per Nora, infatti, è anche lei una sorella. E ora penso che sarebbe stata l'unico amante che le avrei concesso senza lacerarmi: la loro intimità era degna dell'amore fisico, tenerissimo e bramoso.

22

Tarifa. Sono qui da tre giorni e non vedo l'ora che tutto finisca. È come immaginavo. Troppo carica di tutto, Tarifa. Nora è ovunque e io non posso rifugiarmi, quel passato che sto macinando malinconicamente a Milano, qui diventa vento, non ti lascia tregua. La casa di via Gluck è più riparata. Si presta alla convalescenza. Ho incontrato quelli che non sapevano, i commercianti quotidiani, come il tabaccaio, dove compravamo le stecche per il bar o la sciùra che vende il pane. Da lei ho incrociato anche il rappresentante della birra San Miguel: eravamo un bar importante, vendevamo fiumi di birra e ci faceva prezzi di favore. Trattava solo e sempre con Nora ed era un personaggio che la affascinava, forse per i suoi contrasti: aveva una passione smodata per gli uccelli (in Andalusia li mettono nelle gabbiette in cima a dei pali, fanno esposizioni, birdwatching) ma era anche uno spietato businessman. Dopo aver spiegato alla panettiera l'accaduto e qualche particolare della prassi medica, pongo i miei cinque euro sul bancone e sento una mano sulla spalla. Mi volto, lui abbassa le palpebre, le tiene chiuse un paio di secondi, le riapre e dice "Mi dispiace!", in italiano. Io rispondo "Gracias". Non ci siamo detti altra parola, come era sempre successo. Quindi mi rivolto a prendere il resto e saluto la donna e l'esposizione di pane dalla quale esalta un profumo di sesamo. I conoscenti larghi, quelli che frequenti ma non puoi chiamare amici, fossi ancora un tossico li definirei contatti, sono i più veloci da soddisfare, anche se ti ascolti ripetere le stesse parole, e non ti sembra degna quella freddezza alla quale devi obbligarti. I più dolorosi sono gli amici: una straziante passerella che mi ha lasciato sfinito, deluso, quasi compromesso.

Nell'erboristeria/fruttivendolo, che vendeva prodotti biologici, negozio che Nora frequentava da padrona, la Pepa, la vera padrona, appena mi ha visto è saltata fuori dal bancone con uno scatto talmente rapido che sembrava aspettarmi: incurante della presenza di due clienti mi abbraccia vicino al collo, io fesso e rigido come un manichino mi sento dolcemente strozzare, sento quei due grossi seni che mi si spalmano spudorati sul petto, materni, calore che non posso reggere senza piangere. Ma ne ho già versate parecchie di lacrime e ho allenato i muscoli e il cuore a comandare la sofferenza, a riportarla dietro le quinte in un tempo breve. Ricordo bene le parole finali di Pepa, prima che lasciassi quella stanza piena di colori, scatolette e flaconi.

— Ho sempre ammirato Nora... Era una donna forte, di carattere, però sempre disponibile.

Non sempre, cara Pepa, avrei dovuto dirle. Lo era con te, e con chi aveva scelto. Ed era un privilegio facilissimo da perdere. L'incontro più straziante con Paco e Andrea, coppia di contadini anziani, che ancora non sapevano di Nora, perché vivono lontani dalla vita di Tarifa. Hanno un'azienda agricola a qualche chilometro dal paese, con tanto di allevamento di cavalli, maiali, mucche e pecore. Non hanno auto, il loro PC funziona da contabile e non frequenta Facebook. Andrea, la moglie, ripeteva sempre che Eleonora era per lei una figlia e io, che avevo ancora i genitori vivi, non ho mai preteso lo stesso riconoscimento. Ai compleanni in famiglia Paco e Andrea ci invitavano sempre, e avendo due figli facevano in tutto quattro all'anno. Noi costanti e presenti, sempre con una pietanza rigorosamente fresca e italiana di partecipazione. Tra noi c'era uno scambio permanente Spagna-Italia: ci rifornivano di verdure fresche, formaggi e paella sublime e Nora cucinava per loro lasagne, pizza o parmigiana. Era l'unico momento in cui manifestava il suo orgoglio patriottico: dell'Italia diceva solo merda politica, per questo noi eravamo adottati andalusi. Era la sua scusa. La nostra scusa.

Credo che fossimo legati perché attratti dalla loro modestia, assoluta. Forse l'unico Assoluto che posso affermare di aver incontrato, a parte la degradazione e la dolcezza della roba. Una modestia che non si presta a interpretazione e dubbio. Era nei loro sguardi, nel modo di porgere una cosa, nel tono della voce, in quella fierezza che solo una modestia naturale sa partorire. Mi viene da chiamarla animale, ma la mancanza del mio cane droga la mia opinione. Stare con loro ti costringeva, non dico a imitarli, perché la spontaneità non si imita, ma a meritarli sì. E qui la disponibilità di Nora, e ovviamente anche mia, raggiungeva il suo apice. Tutto ciò che Paco e Andrea non potevano fare senza un'auto, lo facevamo noi per loro, con loro. Il trasporto della bombola del gas, una pratica burocratica, le visite di Paco all'ospedale, che ha problemi di circolazione e una pelle martoriata e gonfia. Ma se l'avessi sentito lamentarsi una volta me lo ricorderei. Ricordarlo mi ribadisce invece che lamentarsi è vile. E presuntuoso.

Paco mi è venuto incontro con una fretta felice, correva maltrattando le sue gambe gonfie, come se ogni secondo perso facesse perdere qualcosa. Mi ha stretto la mano con la forza quotidiana che dedica alla mammella della mucca più anziana, e chiesto subito di Nora. E Nora non era con me. E ho dovuto spiegare. Si è aperta nel suo viso paonazzo una smorfia da colpito a morte, ha cominciato a contorcersi come se fosse stato assalito e a chiamare a gran voce sua moglie, sovrastando il rumore del trattore nel campo vicino. Urlava "Eleanor está muerto, está muerto, una enfermedad maldita...". Io ero ghiacciato. Una scena troppo fresca, viva, che devo rimuovere, imbarazzante, per me, sopraffatto da un dolore che seppelliva il mio... Era mattina presto, ci andai appena sveglio, tanto loro si svegliano prima del sole. Se avessi fatto colazione, fatto prima altri incontri, non ce l'avrei fatta. Avrei ceduto alla viltà, e Paco e Andrea non la meritavano.

Faccio una passeggiata da solo, proprio davanti alla nostra vecchia casa, per valutare il punto della spiaggia nel quale ritrovarci per il funerale delle ceneri. Avrei voluto farlo insieme a Gonzalo e Flavia ma la pigrizia mi assale, una pigrizia che è soprattutto paura di fare. Il mare è grosso, il cielo grigio-viola, il vento incazzato, io privo di volontà. Le emozioni strattonano, come Valentino la sua scimmietta di stoffa che crede viva, e penso che Paco e Andrea avrebbero potuto non sapere mai, e soffrire soltanto perché Nora si era dimenticata di loro. E rivedo la scena del gay che non incontrando più Nora ci credeva separati, e penso alla malsana competizione sulla grandezza del dolore: meglio essere abbandonato da chi sceglie, ed è vivo, o da chi è costretto, perché morto?

La spiaggia piena di dune mi appare più

grande, più profonda: la casa, il paese, visti dalla riva sono più lontani, eppure è un punto dal quale ho guardato per diciotto anni quasi tutti i giorni. Mi ricorda una giornata simile, quando vennero qui un lontano aprile Pietro e Giovanna con la loro prima figlia, Martina, che correva sulla spiaggia insieme a Travel. Valentino è stato cercato e voluto per mantenere le abitudini, anche estetiche, uguali a quelle con la presenza di Travel. Sette anni fa, quando è morto, per due giorni Nora e io non siamo riusciti a parlarci. Persi. Infastiditi dall'esistenza di un quotidiano che si ripeteva uguale senza di lui: sarebbe stato giusto non rifare più nulla, nello stesso modo. Solo il terzo giorno Nora mi ha parlato con un ritrovato calore, dicendomi che ne voleva un altro uguale. Non disse vorrei, disse voglio. Siamo partiti alla ricerca, che per noi era una conquista. Valentino ha rimediato all'assenza di Travel.

E mi ritrovo a pensare a Nadia. E mi vergogno. Il vento spingeva a folate, se stavi leggero ti suggeriva il passo, ti spingeva, quella mattina. Martina aveva sei anni, sarà pesata una ventina di chili, e si era messa a saltare, per abbracciare il vento, o per imitare Travel che imitava lei. L'ho vista volare. Non come la Nina di De Andrè, sorretta dall'altalena: l'ho vista spostarsi nell'aria, i boccoli biondi come code di un aquilone, sollevata e trasportata per almeno due metri da un colpo grasso di vento, e cadere a faccia in giù dopo l'atterraggio, restando con gli occhi spalancati a decifrare l'accaduto, cercando di tradurre l'emozione appena vissuta. Io ridevo. Travel abbaiava. Martina si mise a piangere disperata.

Sono stato disperato come lei domenica pomeriggio. Ho partecipato alla grigliata con la comunità di argentini, mi hanno obbligato a esserci ed è stato il colpo di grazia. La mia solitudine è esplosa in mezzo alla gente e ai bagordi. Per loro l'asado è una messa. Hanno comprato come sempre mezza vacca, l'hanno messa sul fuoco, centinaia di birre e carne a volontà. "Riunione", la chiamano gli spagnoli. A questa riunione eravamo sempre Nora e io, con la nostra bottiglia di vino, da italiani. Lei conversava con tutti, io ascoltavo tutti. Mangiavamo poco perché la carne ci stanca, ma non se ne accorgeva nessuno, in quella mangiatoia primitiva. Questa volta mi sono visto, seduto, circondato dal calore della compassione, che invece di scaldare, bruciava. Non era cambiato un cazzo, il rituale e le persone erano le stesse, tutto identico alle centinaia di altre volte, ma io non esistevo. Perché sono qui, e lei non c'è? Perché io e non lei? Domande del cazzo, stupide, prevedibili, ma che si gonfiavano tanto che non riuscivo più a dire nulla, come se avessi resettato la lingua e il senso delle parole. L'alcool, al quale mi sono prestato credendo di alleviare la fatica e partecipare alla fiesta, moltiplicava il panico, l'ha moltiplicato fino al punto che mi sono alzato di scatto, ho alzato le braccia e salutato tutti indietreggiando. Un paio, i più ubriachi mi sono venuti incontro, ma quando hanno provato a prendermi per un braccio per riportarmi alla festa mi sono divincolato quasi con rabbia. Volevo scappare e sono scappato.

23

Una figura compare dal profilo della spiaggia. Riconosco la testa rotondissima e calva di Jonas. I due metri di uomo camminano lenti, a piedi nudi, alzando sbuffi di sabbia. Io resto in riva, la direzione è chiara, sta venendo da me. Indossa un paio di occhiali da sole con la montatura pesante, rossi e blu, i colori base di tutti i suoi quadri, ma la pelle meticcia, regalo di un padre mezzo africano e mezzo pellerossa è più chiara di come la ricordavo: l'inverno ha sbiadito anche lui. Si guarda il passo, ogni tanto alza gli occhi su di me e man mano che si avvicina intuisco un sorriso sfumato, a labbra incollate: ha qualcosa da dirmi. La giacca da marinaio verde scuro che indossa è slacciata, il vento gliela tiene aperta come due ali nervose e spesse, e sotto è a petto nudo. Da parecchi anni ci si salutava a fatica. Senza un motivo scatenante. Ci si scolla, lentamente, fino a ritrovarsi estranei. Eppure la sua carriera di pittore deve molto all'Ocean Cafè. Ha iniziato a esporre da noi i suoi monocolori rossi o blu, di persone corpulente, muscolose, quasi deformi, rigorosamente senza i tratti del viso, viso lasciato al suo ovale vuoto. Figure cariche di angoscia. Mi piacevano, all'inizio, poi era sempre la stessa storia, e anche l'angoscia deve cambiare inquadratura, sometimes. Con Nora parlava inglese, se l'erano imposto, lui per dire di più e meglio, lei per stare allenata. Con gli spagnoli, spagnolo, con me anche un italiano scarno, ma corretto.

A Jonas abbiamo organizzato i primi spettacoli dal vivo, work in progress, con lui che pittava in diretta, sulla pompa di decibel di Pedro, in uno di quei momenti in cui l'Ocean Cafè sembrava potersi permettere tutto. La gente mostrava di gradire, anche perché si poteva continuare a ballare e a calare beveroni mentre sulla tela al muro nascevano i mostri anonimi e accecanti dei pennelli di Jonas. Prese il volo dopo quella prima estate di esposizioni e performance all'Ocean, cominciò a vendere e i suoi referenti divennero gli artisti in generale. Noi eravamo commercianti stilosi, come si dice a Milano, ma sempre baristi, e dopo un po' gli andavamo stretti. Ma anche Nora fece la sua parte: dopo l'iniziale entusiasmo il suo scetticismo lievitava. Si era già stufata dopo poche performance, non vedeva incassi maggiori, non voleva pagarlo troppo, e organizzare il tutto aumentava lo sbattimento. Nora si stancava presto di tutto, figuriamoci di un pittore monocorde. E per di più senza gioia. A noi bastava il nostro, di bagaglio di angoscia, sedimentato. Jonas non era nemmeno ben visto dal pueblo, perché fa parte dell'élite di Tarifa, senza aver nemmeno una goccia di sangue spagnola: sua madre è inglese, viveva in Spagna, si è trasferita in America, ha conosciuto il padre texano, dal sangue misto delle due razze colonizzate dall'uomo bianco, e con lui ha avuto un figlio, Jonas. Che ha scelto Tarifa, per vivere. Condividiamo la stessa fuga. O meglio, lo stesso rifugio.

Ora che mi è davanti copre la vista dell'intera Tarifa. Allunga la mano, ancora più grande e forte di quella di Paco. Stringe, tengo duro, dura qualche secondo di troppo. Dall'avvicinamento alla stretta, è la pantomima di un duello. Il rosso e il blu dell'occhiale da dieci euro sono quelli della bandiera inglese, e mi aspetto che se li tolga per dare tono all'incontro. Ma non lo fa.

— Come stai? — mi chiede. Ha scelto l'italiano.

— Male.

— Anche io.

— Ti vanno male gli affari?

È sarcasmo il mio, mi viene così. Sarà l'idea del duello.

— Gli affari di cuore, sì.

Guarda l'orizzonte sul mare. È un silenzio lungo, ma non provo imbarazzo. Mi sibila nella testa la frase del professore che ci ha dato la notizia funebre per primo e con il quale ho parlato da solo nel momento di massima disperazione, alla ricerca di quello che viene detto: supporto psicologico. Si metta nell'ordine di idee che la malattia apre orizzonti nel cuore inimmaginabili, mi disse. Sfilo gli scarponcini dal tallone e affondo i piedi con le calze nella sabbia, fresca.

— Sapevi?

— Sapevi cosa? — rispondo.

— Non sapevi. Ok.

— Tu sai, invece.

— Certo, so. Nora è morta... Cáncer de pulmón.

Nei lunghi mesi della malattia avevamo un rapporto quasi giornaliero su Facebook con Flavia e Gonzalo, ma non l'ho mai sentito nè visto scritto in spagnolo, così didascalico e feroce: cáncer de pulmón. Prima della chemio Nora parlava con i due amici cari di Tarifa anche attraverso Skype, poi non ha più voluto.

— Cos'è che non so, Jonas?

Intravedo i suoi occhi dietro le lenti blu dell'occhiale britannico, sono arrossati, l'odore di birra c'è, ma non è esagerato.

— Che io ho amato Eleonora.

Il battito del cuore accelera e non vorrei. Ho paura di sapere altro. E voglio sapere tutto.

— Anche io, — dico per temporeggiare.

— Lei no.

— Lei no cosa?

— Lei non amava me, simple, Marcello.

— Puoi togliere quegli occhiali?

Non risponde e non lo fa.

— Perché me lo dici adesso?

— Perché l'amore non può nascondere, sempre.

— Si toglie la giacca e resta a busto nudo, olivastro, i pochi peli sui pettorali stanchi, quasi femminili, mi arrivano al mento.

— God save the queen... — Jonas intona il ritornello dei Sex Pistols lentissimo, e sento suonare il blues, oltre il punk, prima del punk.

— God save the queen... Jonas ripete solo questa prima frase, e gonfia il petto come se dovesse comprendere in un solo respiro questo vento del sud che spinge dal mare e alza grandi onde. Tra poco dovrebbe piovere un po', quindi ritornerà lui, nome vero Noto, l'unico vento che colpisce e si ritira. E che dopo pranzo scompare, come un uomo del sud si ritira per la pennichella.

— Era regina, Eleonora — aggiunge. — Regina punk... — Che cazzo vuoi Jonas? Sei qui ad aggiungere paranoia a quella che ho già?

— Noooo... Porto solidarietà a dolore. Ma no parole: io lo sento uguale, a te...

— Uguale un cazzo.

— Uguale is the colour...

E si toglie finalmente gli occhiali.

I suoi occhi sono tristi, sono gli occhi sempre troppo gentili di uno che beve parecchio/ e non si guarda mai alle spalle né allo specchio.. Il principe De Gregori aveva già inquadrato

Jonas e i suoi umani senza volto.

— Avete scopato? Lo devo sapere, perché se il colore è lo stesso, il sapore gli somiglia.

Jonas ha la pelle d'oca, color patè, così sollevo la giacca da marinaio dalla sabbia e gliela porgo. Non perdo l'istinto del servire nemmeno davanti al mio nemico rivelato, e riesumato. Lui la prende con una mano ma non la indossa, la tiene stretta come una arma, un'arma floscia, come uscita dai pennelli del suo idolo Salvador Dalì.

— Qué importa?

— Importa, Jonas, era la donna della mia vita.

— Nora mi ha detto in lingua milanesa una manera de decir: "Va a scuvaar il mar". Significa una cosa impossible, che non serve a niente...

Ok, giochiamo alla dialettica per alleviare il dolore.

— Il mare è ovunque. Nora era una, intera, qui, vicina a me. Serve, lo sai che serve, e che cambia le cose...

— Bueno. Allora io dico: sì, noi scopato. Ma lei non più voluto. Nora voluto ancora te. Mejor diga: no, non abbiamo scopato. Amava ancora te. Que cambia?

Ero qui per cercare il punto esatto del lancio delle ceneri, per stare solo con quelle ceneri, e invece scopro che quelle ceneri forse hanno bruciato dove non avrei mai creduto. Quante altre cose non avrei mai creduto e sono state?

— Marcello? — mi colpisce la spalla con la mano chiusa che stringe la giacca. — Nora non amava Jonas. Tranquilo.

Ha letto il mio pensiero. E se ne va, rimettendosi solo gli occhiali.

Guardo la montagna d'uomo che attraversa la spiaggia seguendo una linea obliqua, e immagino il momento in cui Nora lo manda a scopare il mare in dialetto milanese. È un invito a togliersi dalle palle veloce e per sempre, perché lo scopare il mare vuole l'eternità. Sarà stata la risposta che ha ricevuto Jonas quando ci ha provato. No, dai, con Jonas no. Mi tengo questa verità.

Ok. La cerimonia la facciamo proprio qui. Dopodomani, il giorno prima di ripartire.

L'unico posto dal quale non ho desiderato scappare è stata la stanza di Luca. Luca, emiliano di Faenza, è a Tarifa da trent'anni, anche lui un italiano adottato dal paese più a sud del continente, nel suo caso scelto come stazione di servizio delle continue migrazioni a bordo della sua moto. Io invece ho scelto la sua stanza come rifugio, il luogo dove sapevo non ci sarebbero state pressioni, ma solo viaggi. Rilassati, visionari, come lui. Per trentasei ore ho smesso di avere ansia.

Luca vive in una camera della sua pensioncina, uguale a quelle che offre ai turisti. Paga l'affitto a se stesso. Io la chiamo la grotta: c'è il bagno, una camera dove ci sta giusto il letto e una cucina di quattro metri quadri. Si è separato due volte, ha quattro figli che vivono con le madri, ora ha un'altra donna ma ognuno sta nel suo loculo. È una sistemazione monastica e nonostante disponga di una discreta quantità di euro non ha mai voluto una casa più occidentale. Consuma solo il necessario, ma ha sempre il sorriso: prerogativa di chi se la gode.

Anche Nora avrebbe voluto adeguare il suo cuore al monastico, elevarsi al monastico, ma bazzicava con la pancia e la testa in Montenapoleone. Di lei abbiamo parlato subito, dopo l'abbraccio di benvenuto: ho detto a Luca che avrei fatto oggi questo lancio delle ceneri lui ha risposto ok, se ti va vengo anch'io. Fine. Non serviva altro. La metà dei brani che ho sull'iPhone me li ha passati lui. Niente di nuovo. Il più recente si ferma ai primi anni Novanta. Siamo coetanei, e l'amore musicale smette di colpirti superati i quarantanni. Dopo ascolti ancora, altro, usi la testa, ma la tua colonna sonora è già scritta. Luca sa tutto di geografia: dai nomi dei parchi, fiumi e montagne del mondo, a quelli delle strade che li collegano. E di moto: di tutte le categorie da corsa, di tutti i modelli da persone normali, di tutti i modelli che sa solo lui. Se non sta guardando un Moto Gp, o non è chinato su una delle tante mappe che colleziona e pasticcia, allora è in moto sulla strada segnata sulla mappa. Dove non è mai stato si prepara ad andare. È sempre in viaggio. È quello il suo necessario. Non siamo mai usciti dalla stanza e non siamo mai stati fermi. Abbiamo passato una giornata intera, dal caffè del mattino all'ammazzacaffè del dopocena su Google map, a spiluccare il percorso per andare in moto dall'Italia a Samarcanda, a Katmandu, e Bangkok, migliaia di chilometri piegati sul paesaggio vero e virtuale che attraversa due continenti. Poi siamo passati alla Transiberiana, in notturna, grazie al sito di un folle innamorato di treni, che pesca e racconta tutte le tratte possibili che si possono fare sulle rotaie e arrivare in qualsiasi posto del mondo. Per Delhi, dove mi sono promesso che se ci tornerò sarà solo in treno, si parte da sotto casa mia, sopra uno di quei vagoni che spuntano dal tunnel della Centrale, per transitare a Venezia, Istanbul, Teheran, Lahore in Pakistan, Islamabad, Nuova Delhi. Circa sei giorni. È stato il primo viaggio, che non sia un ritorno, che ho fatto da quando è morta Nora

24

Mi sveglio alle otto dopo poche ore di un dormiveglia nevrotico, pieno di spunti castrati di sogno, con tanto di Jonas, e pure Clara, ma vaffanculo i sogni.

Gli ultimi tre giorni sono stati di vento forte, mare in tempesta e paranoia. Ho messaggiato a Gonzalo e Flavia ieri sera tornato a casa mia dopo il lungo viaggio nella grotta di Luca: "Se è così anche domani lo rimandiamo. Tornerò, o resterò fino a quando ci sarà un tempo adatto. Non lo so. Vediamo domani." Invece la finestra mi regala un sentimento luminoso e rapidissimo, degno di un flash. Un sole stampato e una tavola di mare. Libero da tutte le increspature. Libero anche dai surfisti che cavalcano questo angolo di mare e che sull'anima ferma di Tarifa sono marziani. Gonzalo e Flavia sanno far vibrare il tam tam, il passaparola è veloce, chi deve esserci è invitato davanti alla spiaggia 11 alle 11.00.

Con Flavia ci troviamo alle 9.30 per comprare dei fiori. Non mi è chiaro come fare ma confido in lei. Ne prendiamo un centinaio, rossi e bianchi, non so nemmeno che fiori siano, forse me lo hanno detto, comunque arriviamo alla spiaggia che mancano dieci minuti all'ora fissata.

Ci sono trenta persone. Ma come? Avevamo detto dieci, quindici, selezionate... Il sole spacca, tutti mi vengono incontro con un sorriso, facendo la fila, come si fa ai funerali, ma qui c'è luce, e colori, e facce che non vedevo da tempo, inaspettate anche. Su tutte svetta Jonas ma resta dov'è, ci salutiamo alzando solo una mano, abbiamo già dato. Pepa, la panettiera Irma, Paco e Andrea che piangono asciutto, con una smorfia fissa, da maschere da carnevale di Venezia. Il rappresentante della San Miguel con il furgoncino aperto dove si vedono casse di birra che aspettano noi, poco vicino Luca seduto sul casco della moto, mentre Clara si mette in coda per arrivare a baciarmi, e lo fa sulle labbra, trattenendo il risentimento, perché non sono andato a cena da lei, l'altra sera, anche se mi aveva invitato: non avrei retto l'idea che potesse aspettarsi del sesso tra noi e sono rimasto da Luca, al riparo... E facce che ho servito al banco, che ho salutato in strada, semisconosciuti che mi sembrano fratelli, in questo momento, e che saluto tra odori e pelli che mi sfiorano le guance, pochissime parole, le stesse, poi due ragazze buddiste, con le quali Nora faceva yoga sulla spiaggia, e un

239

brasiliano con la sua ragazza basca, che ricordo vagamente e che mi porgono una foto che ci hanno fatto, una foto che mi dicono avevano da anni, incorniciata, e la stringo, accarezzo il vetro, sotto il quale Nora mi tiene la mano tra spalla e collo, e mi sta sussurrando qualcosa all'orecchio... Io con l'asciugamano bianco sulla spalla sinistra, un sorriso soddisfatto, i capelli lunghi, arruffati dall'acqua del mare, sembra che abbia appena compiuto un'impresa... Sono commosso da questo pensiero, e li bacio entrambi sulla fronte, mi viene così, da Papa ai bambini, e Gonzalo prende in mano la situazione e invita tutti a sedersi sul muretto, ma arriva altra gente e io mi presto agli abbracci fino a quando siamo tutti, seduti, intanto tocco continuamente lo zaino di pelle nera che era di Nora, dove c'è la polvere di Nora, fino a quando Flavia mi stringe una spalla e mi invita a prendere i fiori, che vanno distribuiti e ne diamo un paio a testa, uno per colore. Ci si muove.

Visti dal mare dobbiamo sembrare un plotone disarmato, un Quarto Stato colorato, naïf. Ci fermiamo sulla riva, compatti, io Gonzalo e Flavia ci consultiamo, si è alzato un po' di vento, decidiamo che Flavia resti a coordinare, mentre io e Gonzalo entriamo in acqua. Prendo il sacchetto dalla zaino.

— Quando buttano le ceneri voi buttate i fiori — dice a tutti Flavia.

Gonzalo e io ci tiriamo fin sopra il ginocchio

i pantaloni, li ho messi apposta di tela leggera per facilitare l'operazione, e ci immergiamo. L'acqua mi sembra calda eppure ho la pelle d'oca. Il cuore lo sento battere contro il petto, mi spaventa sentirlo così potente e fragile, non sta succedendo a me, è un film, non riesco a coordinare un solo pensiero, tengo il sacchetto, le onde salgono, ci bagniamo fino alla pancia, alzo il sacchetto, poi lo passo a Gonzalo che lo tiene divaricato, io infilo le mani a coppa, sollevo una manciata di cenere e la lancio a pelo nell'acqua, un lancio basso, timido, rattrappito, ma non voglio che siano spazzate dal vento, disperse a suo piacere, e deluso da me stesso mi giro verso la riva, a cercare volti e rassicurazione, e i primi fiori vengono tuffati, e prendo un'altra manciata e questa volta la lancio verso l'alto e sento che un po' di polvere mi ritorna sul viso, mi accarezza... Quindi Gonzalo gira il sacchetto, tenendolo alto, svuotandolo nel mare... Le teste bianche e rosse dei fiori si affacciano e si ritirano, dondolano, dormono al pelo dell'onda, e partono gli applausi, e sento degli Evviva, Nora, Nora, Nora, una piccola nuvola di polvere resiste compatta e si allontana di qualche metro come uno sciame d'api, poi si appoggia, e vedo un velo, che luccica, una macchia leggera sull'acqua, o forse me lo immagino... Sono sopraffatto dai riflessi, da questo sole di mezzogiorno prepotente e fresco, e il fremere delle piccole onde si unisce alle voci dalla riva, che sembrano incitare, mi salgono dei brividi, sono fradicio fino al petto, sono invaso, compresso dai sensi e non posso liberare nulla, né voce, né lacrime, tutti battono le mani, torno verso di loro, verso le braccia tese, la luce bianca e questo affetto schierato... Forse è il paradiso che mi attende, quello che ospita Nora, non è artificiale, ma spingo sulle gambe, per uscire dall'acqua, toccare terra, e mi lascio ricoprire, di braccia, di carezze, di sorrisi commossi... E mi abbandono come un naufrago alla vita.

Discografia

Canzone per te, S. Endrigo 1968
The Magnificent Seven, Clash 1980
Love my way, The Psychedelic Furs 1982
Il ragazzo della via Gluck, A. Celentano 1966
Anna e Marco, L. Dalla 1979
Bandiera Bianca, F. Battiato 1981
Disperato erotico stomp, L. Dalla 1977
Trilogia berlinese di David Bowie:
Low 1977, Heroes 1977, Lodger 1979
La canzone del sole, L. Battisti 1971
Balla balla ballerino, L. Dalla 1980
Io vorrei, non vorrei... L. Battisti 1972
Heroin, Velvet Underground 1967
Atlantide, F. De Gregori 1976
Il mare d'inverno, E. Ruggeri 1984
Solo più che mai, Johnny Dorelli 1966
Scimmia, E. Finardi 1977
Cercando un altro Egitto, F. De Gregori 1974
Karmacoma, Massive Attack 1994
The rebirth of cool, sette compilation
Dummy, Portishead 1994
Ho visto Nina volare, F. De Andrè 1996
God save the queen, Sex Pistols 1977

Sommario

Maurizio Baruffaldi
La metà dell'amore

Milano, Nobook©2014
www.nobook.it

Si ringrazia Nnoo per il supporto
NNOO
Associazione per la stimolazione culturale
www.nnoo.it

www.ingramcontent.com/pod-product-compliance
Lightning Source LLC
Chambersburg PA
CBHW051637260626
47170CB00004B/1206